不忙不慌

—— 林桂枝 著

中信出版集团｜北京

图书在版编目（CIP）数据

不忙不慌 / 林桂枝著 . -- 北京：中信出版社，
2023.12（2024.5重印）
ISBN 978-7-5217-6112-2

Ⅰ . ①不… Ⅱ . ①林… Ⅲ . ①随笔－作品集－中国－
当代 Ⅳ . ① I267.1

中国国家版本馆 CIP 数据核字（2023）第 208350 号

不忙不慌
著者：　　林桂枝
出版发行：中信出版集团股份有限公司
　　　　　（北京市朝阳区东三环北路 27 号嘉铭中心　邮编　100020）
承印者：　北京通州皇家印刷厂

开本：880mm×1230mm 1/32　　　印张：9　　　　字数：157 千字
版次：2023 年 12 月第 1 版　　　　印次：2024 年 5 月第 2 次印刷
书号：ISBN 978-7-5217-6112-2
定价：59.00 元

目　录

专

"必要做"必须走在前面,"想要做"才有可能实现。做好你"必要做"的,才有可能做你"想要做"的。 037

卷二
生活不忙

慢

一切都飞快、极速地搜索、复制、粘贴、转发,不需要你记住,因为根本用不着想起。 085

不忙不慌

觉

空气中只弥漫着相思的味道。长日光阴，总有一些浪漫的时刻等待着我们。

透

我们感到自我强大和重要，恐怕只是虚妄。其实，世界上有你没你，有我没我，都不重要。

解

你有你要紧的事情，莫管那些无关紧要。碌碌晨昏，悠悠古今，人生恨短，莫蹉跎。

从他身边跑过 / 不要与外星人对话 / 时间之箭 / 选择与自由 /
不够好 / 一个人的事 / 有态度

随

我给星期三做份美味的三明治。吃完之后星期三说："上
下两片面包，上面是未来，下面是过去，夹着的是现在，
最丰盛的是此时此刻的自己。"

厨房多少事，得失寸心知 / 我终于失去了你 / 床单 / 黄金虾 /
这条小路永远在闪闪发光 / 混沌 / 比光更快的黑暗 / 两个和六
个 / 星期天的星巴克 / 谁疯了 / 按理说 / 恐惊班上人 / 柏拉图
式的爱情 / 剪影 / 我不明白为什么星期天是红色的 / 进门都是
客 / 泳镜 / 钱 / 我仰慕那些不甘岁月空添的人 / 时间的话

不忙不慌

序

只要想到这本书要出版，我便脸红。我是个写广告的，什么都不懂，只知道帮人卖东西。我是如此渺小，又无所作为。

> 我站在办公大楼的中间一看——我看见了天。
> 我看见我在世界上喜欢的东西。
> 干活，吃饭，有时间休息，抽一根烟。
> 我看了看钢笔，
> 问自己，
> 我拿这玩意儿干什么？

在话剧《推销员之死》的这段独白中，推销员的儿子比夫拿着一支偷来的钢笔，站在大都会的天空下，质问自己到底要过怎样的人生。

比夫的问题也不时困扰着我。

多年来我在城市的办公大楼里上班下班，在电梯里上上下下，张望窗外被高楼包围的那片天。手中的笔虽不是偷来的，却以同样尖锐的笔锋刺向我，似在问："握着它，你在干什么？"

"售完即止。写得最多的是售完即止。"

这是我给自己忠实的回答。当时我入行不久，在香港奥美广告公司服务一家连锁零售店，为他们做着频繁的促销活动和节日推广，重复写着"售完即止"。

工作两三年后我渐渐发觉，东西很少售完，哪怕一款售完，另一款新商品也早已整整齐齐码放在货架上。"售完即止"没有说错，只是当我一次又一次写上"售完"，接着写下"即止"，便不禁对这句话的真实性存疑。

我没有因为这些疑虑而转换职业。我只是在广告行业当创意、写文案。十年前我离开办公室固定的工位，成为自由职业者，不坐班，依然做广告，帮客户卖东西。

然而，推销员之子的质问冥顽不化，死缠烂打。为了打发这顽固的问题，我便试着拿起那支笔，写些不是广告的东西。

我词不达意地写下那些在忙碌的工作中看见的、感受到的。我向来喜欢在极高强度的工作中开小差：从公司的后门溜出，去公园坐在大树下；在热火朝天的广告摄影棚监片，观察小场务的举手投足；出差时从登机队伍中的白领男的后背，瞭见一片广阔无边的天空，浮想联翩。

这种从快速的工作节奏到片刻休止的转换，让我的心安定下来，就像蜘蛛在迅捷的捕猎后，总回到网的中心，一动不动。中心，为到达四周最合理的距离，是以蜘蛛伏于其中；而回到自己的心，便也是以最直接的距离直抵身边的一切，不忙不慌，去静静地观，细细地想：周围有什么？发生了什么？真相又是什么？

在工作中，我努力将广告做好；在精神上，我一直坚持对真的追求。在虚假与真实面前，我选择真实。在美化商品的日常工作中，我从容地回到自己的心，去看清事物的真实面目：如果是一滴水，就去看这水滴的原貌；如果是一颗打磨完美的钻石，便从这碳元素构成的矿物中寻其本真。

我尝试慢慢认清工作的真相。我发现只有抓住工作的本质，才有可能在纷乱与繁忙中从容不迫，理智地工作，在商业世界更好地生存下来，而不至于成为一个被人抽动的陀螺，在疯狂的旋转中迷失自我。

当紧张的工作项目完工并发布时，我大都不看。我常到街头看凋零的落叶、匆匆的行人，感受普照大地的阳光。从观察他人我看见自己；在晦暗的会议室蓦地目睹大自然近乎神性的光芒；无数时间的切片，让我感到当时的存在，甚至自我的真实存在。

感谢编辑赵辉和张飚，以及好友罗丹妮的支持，让我有机会整理过去几年这些零星的闪念、幼稚的观点。

当我重新阅读这些粗陋的文字时，我甚至惊讶于自己的一些想法：原来我曾经这样想、曾经这样看，原来，我是这样不忙不慌地生活着。

卷 一

工 作 不 慌

立

我不是任何人的老板，我是我自己的老板；

我不当任何人的下属，我是我自己的下属。

1

不为白痴工作

多年以前，我已经把当老板和听老板话这两件事想得很清楚。我不是任何人的老板，我是我自己的老板；我不当任何人的下属，我是我自己的下属。

有鉴于此，"我的老板是白痴"这个说法对我来说毫无意义。你是你自己的老板。自己管理好自己，为自己的工作与前程负责。如果自己管不好自己，那么没有人可以帮你。

从某种意义来说，没有人可以真正成为其他人的老板，因为没有任何人可以控制或是管住其他人。换句话说，世界不需要那么多的管理层。

我是我自己唯一的下属，意味着我必须提携、关怀、督促、勉励自己，对自己全权负责。工作不顺利，给自己讲个笑话；提案通过，和自己喝杯小酒；在满足外界的种种要求之后，想想为自己做点事情；在听完指令后，停下来静心倾听自己的内心感受。

进一步这样想：想从别人身上学到更多知识，也要让别人从自己身上获得启迪；希望别人听自己发言，也要让自己的表达言之有物；期望身边的人与你和解，首先自己跟自己和解。

事关自己，兹事体大。你是你自己的老板，你是你自己的下属。

2

在哪里不重要，跟谁在一起最重要

有一件事与爱情相似，那就是上班。上班和爱情在某些方面是一致的：在哪里不重要，跟谁在一起最重要。

每一天，我们将生命的最佳状态用在班上。人生仅有的黄金岁月我们都用来上班了。所以，请尽量找到与你契合的人和你一起工作。

跟情人在一起，茅屋也是天堂。考虑附加条件的人，不懂得爱情。他（她）们会为金钱、地位而追求、维系或放弃一段爱情，这些人是没有想清楚，或者是想得太过清楚。

一家公司有多大，办公地点有多好，大老板是谁都不重要，只要按时发工资，跟谁在一起才最重要。

作为主管，我庆幸可以选择跟谁一起工作。我挑人，挑和我一起工作的人。跟合拍的人一起工作，令人感到愉悦，愉悦能激发人的潜能，也许碰巧还会延长寿命。

以前上班时，对来面试的人，我会暗自问自己一个问题：

我会不会跟眼前这个人下班去喝杯咖啡，或者坐下来聊聊天？如果会，我会聘。这个奇怪的问题，帮我聘了不少优秀的人。

今天我与他们不再一起工作，可是仍会见面聊天，不喝咖啡喝杯酒。

3

被抽的陀螺

我打电话到银行，接电话的是工号1234。我就想：为什么她是一串号码？她是谁？难道她没有名字吗？

第一天上班，1234就被赋予了这串数字代号。打电话咨询的没有一个人知道她到底叫什么，更没有人会在意她真实的名字不见了。至于上了许多年班的我，会不会像1234那样，一上班就丢失了真实的名字？电影《千与千寻》中的那个小女孩不就在工作合同上签了"荻野千寻"后，自己名字中的三个字蓦然消失，只剩一个"千"字吗？

名字的消失会不会是一个人进入社会必须经历的成人礼？剥夺真实的名字是不是每份劳务契约的默认设置？当所有人都称呼她1234时，她真实的名字便渐渐隐去了，而电影中的"千"也在热火朝天的工作中忘掉了自己的原名。人人"小千、小千"地叫，规矩也是这样定的，一旦工作，真名将被剥夺。

故而，1234忘记了本来的自己，以亲切诚恳的语调反复说："我是工号1234，请问有什么可以帮您？"正如电影中小千在她工作的油屋彻夜劳动，擦地板、放热水，毕恭毕敬地给腐烂神洗澡，为贵宾服务。而我所经历的也跟她相同，在社会既定的规章制度下努力工作，最终在排山倒海的文件后面，自我如同远处模糊不清的字符渐渐消失，被职务和大家公认的企业名字遮蔽。

如果社会让我们忘记，那么请我们想起，我们要想方设法想起自己到底是谁，要不然我们只能对这一切俯首帖耳、唯命是听，变成一个被人抽着转动的陀螺，在疯狂的旋转中，彻底忘却本我的存在。

"发生的事是不会忘记的，只是一时想不起来而已。"这是电影中钱婆婆的台词。"千"最终想起了自己是"千寻"，但愿你也牢牢记住自己本来是谁。

4

理想的报酬

网友翠花留言：做事如何无怨言？

亲爱的网友翠花：

　　见字如面。人非圣贤，谁无怨言。于我来讲，减少工作中的怨言只有一个方法：得到的报酬大于付出。

　　做事的报酬有两种：一种是金钱，另一种不是金钱。我是一个比较贪心的人，我一直要求做事的报酬超越金钱；换言之，我要求回报除了金钱还有其他。

　　过去我有一个坏习惯，公司里的文案在写东西时，我总爱拉把椅子坐在人家边上蹭着写上几笔。这样做虽然有些失礼，可是我暗中得到了丰厚的报酬：我获得了写字的乐趣。对我来说，这份乐趣比金钱大。乐趣是真正的报酬，金钱则是副产品。为乐趣而做事情，怨自何来？

　　我喜欢文字，我从文字里找到存在的意义。读书让我攻克精神上的贫困，写东西帮助我重新组装自己。有机会写已经是报酬，而当人们附加给我金钱的时候，我犹如得了双薪。

　　我心怀感激，感到自己是世界上最幸福的人。

5

错位与工作

我的工作状态相当简单：工作时工作。我的非工作状态同样简单：休息时休息。

工作时工作，工作时不去做跟工作无关的事，这是基本的职业素养。休息时休息，休息时不再想工作的事情，这是爱护自己的身体。

以前我在广告公司上班，经常有机会与制片合作。不少制片经常出现错位工作的状态：准备甲片的时候不停联系乙片的事情；正在监督乙片拍摄的时候又去忙着安排丙片的流程；处理丙片的时候又跑去网购，不停地处理无关紧要的琐事。最后甲客户为乙客户买了单，乙客户为丙客户结了账，丙客户白付了制片的监督费。这些制片不断错位，对眼下的事情永远做不好。

还有一种情况是上班时间老在惦记家里的事，下了班总在琢磨公司的事。上班做下班的事，下班了心里还在上班，上下班混在一起，结果什么事都弄得七零八落。

也有人喜欢把下午的班当成早上的班，用晚上填补第二天上午的班。该上班的时间在睡觉，该睡觉的时候去上班。如果当事人管点事，他的手下永远在茫然地等候领导睡醒来上班，大家只好没完没了地加班。这种情况叫"一将无能，累死三军"。

更有一些人对自己的本职工作不够专业，却喜欢越界。例如，广告公司的美术不懂美术却爱掺和文案，文案搞不定文案却去管理新人，管理层不善于管理，转而去耍手段。

坐在自己的位置，做好自己该做的事。工作时间，百分之百兢兢业业。

6

一头被无情制度肢解的猪

我曾觉得自己是一头猪，被无情的制度肢解。

广告公司有一种工时百分比制度：将个人的工作时间分割，如百分之二十给甲客户，百分之三十服务乙客户，百分之五属于丙客户，百分之四十分配给丁客户。每位创意人员将一周实际的工时填上，由财务与业务人员按工时核算成本，计算每个客户的损益盈亏，同时监督员工的投入产出。

我常为这制度与业务部的同事翻脸。我发现许多业务部的主管不地道，把创意同事的工时百分比压低，为的是降低成本，提高业绩。低估的数字导致员工实际投入了百分之五十的工作项目被降为百分之三十，为了符合每人必须填满百分之百工时的要求，员工只好被迫超负荷工作。

人不是机械，不应该被量化；劳动被迫按小时出售，创意人员犹如变成了小时工。人类如此对待同类是不道德的。正如马克·吐温所言："人类是所有生灵中令我真正感到无比恐惧的动物。"

　　　　　　　　　　　　　　　　不忙不慌

当年我在公司上班，在一个封闭的环境中，没有进一步思考这个现象。如今渐渐明白，这一切是为了"经济增长"——当下全球发展的第一要义。

从事广告工作的我，对"经济增长"推波助澜，本已难辞其咎，更不应迁怒于人。要实现经济增长，企业的利润最大化是必然的。业务没有增长，员工便不能涨工资；工资不提高，人们便不会有更强的购买力；购买力下降，经济便停滞不前。公司的财务没有达标，旅游奖励将被取消，年底的奖金会泡汤，更谈不上分红，搞不好降薪裁员，甚至公司倒闭，一散了之。

经济增长是硬道理。世界上大道理管着小道理，其他一切都要让位。经济必须增长，以致人必然被量化。为了计算成本，人的劳动按小时定价便也顺理成章，哪怕今天世界上因肥胖而死的人远比闹饥荒而殁的人多；养猪场通过各种手段令猪长得更快；屠宰厂使用电击提高屠宰效率。我们呼吸的雾霾、吃下去的农药和化肥、喝进去的重金属，也成了经济增长的代价之一。

我们每个人既是制造者，又是受害者，没有人是无辜的。以上种种，世上无人能解。想想是伤痛，再想是无望。盲人骑瞎马，夜半临深池。

7

这块寿司，快长毛了

每天坐在同一个工位。星期一、星期二、星期三、星期四、星期五，好不容易到了星期六，休假这家伙还在沙发上赖着，幽灵一般的星期一已在迫切叩门。

日复一日，年复一年。我去打杯水，回到座位便过了三年五年。电梯每次到达公司楼层时都往下轻微一颠，犹豫一下后才肯开门。右拐是公司大门，左转是女洗手间。洗手间的空气中混杂着洁厕精的呛味、女人身体的气味、洗手液的香精味，这味道像熏肉的百年老汤，令人回味。洗手间纸篓里那一叠厚厚的没有用过的手纸，和昨天见过的那一叠毫无分别。

昨天开完会去洗手间，她在我前面；今天没开会去洗手间，她同样在我前面。为什么不用一次性马桶垫纸，而非要浪费这许多手纸。连续两天与这人前后脚进同一个洗手间，今天的日子好像昨天经历过。

　　　　　　　　　　　　　不忙不慌

我洗洗手，又回到那个座位，按下键盘的回车键。

就这样，我在循环中无意识地返回。天天在电梯里上上下下，像一块寿司在循环的输送带上回转：黯淡无光不新鲜，连我自己都嗅到一股腐朽的味道。

有一天，我问自己："凭什么？"然后，我选择逃离。我没有跟任何人说我辞职的真正理由。我不可能在辞职信上写我发现自己变成了一块回转寿司，而且快长毛了。

离职后我不再坐在同一个地方工作。星期一我在咖啡店，星期二在床上，星期三将电脑充好电，一个人骑车到屋后的一处空地发想。有一天我正在空地写广告，遇到一个人带着一只羊在遛弯。

我觉得这就对了，在工作时间遇到有人在遛羊，这就是我要的生活。别人告诉我，你现在的状态是最好的。因为人到了这个阶段，就应该自在一点。听到这话，我又感到无比消沉。我不明白，为什么人们总喜欢用时间安置人生？人们为什么那么相信365天代表一岁？25岁必须找到一份好工作，30岁要结婚，35岁前有了孩子基本上人生便趋于完美……因循着一条无形的线碌碌而行，每一个时间点都有待办事项，把清单打完钩，便行将就木。

我逃离了办公现场，却逃不出这可笑的世界。听说有人打算逃去火星，我怕路费不够，只好继续回转。

　　我，是一块寿司。

8

吞噬光阴的工作群

一个工作群，相当于一个吞噬光阴的巨人。他吃掉了我们吃饭的时间。我们工作，是为了吃饭；有了工作，吃饭却成了问题。

每一双不同眼睛的下面，原来伴随着一张不同的嘴巴。如今，每一双不同眼睛的下面，必然有着一个不同的手机，它们组成一个又一个工作群，相当于无数个吞噬光阴的巨兽。

下班了，请打开勿扰模式，邀来一弯新月，抵挡那些反馈、报表和"嗯哈"。告诉对方，事情不太急的话，明天上班再联系；哪怕事情急，大家也要先吃饭，说不定吃完了，事情自然就有了答案。

9

如果世界没有老板

　　"离婚，就是相互成全。你放我一马，我放你一马的事。"

　　这是电影《钢的琴》开场的一段警世通言。这部电影带有舞台剧的视觉效果：摄影机水平挪动，人物左右横移，水平而不垂直，平行而没有上下。人物在平行的空间生活，移动在一个没有权力的世界。没有权力，意味着没有高低强弱：上面没有人指点江山，下面不需要人去俯首称臣。

　　《钢的琴》带给我们一个没有老板的世界。

　　没有老板的世界是一个平行的世界。个人的脚步在地平线上行走，走着走着，会遇到志同道合的人，大伙儿为共同的理想而奋斗，享受着集体协作的快乐，收获一起劳动的成果。

　　个人不用讨好上级，无须唯马首是瞻。每个人通过自身的努力获得安身立命之本：漆工、画图的、车工、运输的，在做钢琴这件事上都有自己的本领，各司其职，每个人都是别人不可替代的专家。

我离开广告公司成为自由职业者后，一直活在一个没有老板的世界。能够摆脱老板，是基于每一位合作伙伴都具备专业能力，人人独当一面。

没有老板的世界是一个美好的世界：你成全我，我成全你；大家相互成全。

10

嫁给工作

我出嫁许多年了。我嫁给了我的工作。也许你和我一样，也有这样的一段婚姻。

人与工作是一种婚姻关系，一种需要投入、经营、付出的关系。不良的婚姻关系极为耗费精力，需要莫大的勇气去面对。它还需要或多或少的牺牲：有的人放弃理想，有的人牺牲个性。在工作中，无数人在不经意间舍弃了耿直的天性而变得唯唯诺诺，失去少时的真挚而改为油腔滑调；也有人埋葬了热爱自然的本性，不得已天天与人周旋酬对。

婚姻恍如一面镜子，镜中人往往被日常的琐事消耗得面容憔悴，生活的担子压得人扭曲变形，原来那个满怀理想、良善正直的人不知不觉间便走了样，看不见昔日的神采。

工作的要义，就在直面镜中人与镜前的自己的差异，真诚地与镜中人展开对话。

当我们意识到镜中的自己已经不再是原来的自己，须以圆融之心与己相见，鼓励、提醒镜中人，不要丢弃原来淳朴良善的本性。

美好的婚姻关系能帮助对方成为更优秀的人。你是自己一生中最可靠的伴侣，请真诚相待。

11

很多事情很基本

许多时候我们的困惑源于行动在先，思考在后，忽视了事情的基本原则与规律。

一

书是用来看的，不是摆着放的。要看的书才买，买了的书要看。同理，要穿的鞋才拍，拍了的鞋要穿。进一步推而广之应用在生活的各个环节上，就是越买越少，只买必要。好东西不需要"多"。太阳，只有一个。

二

事情不要随便做，要问清楚为什么要做。动机不明的事情不要做。明白了做事情的动机，你便会知道该往哪里去。知道了目的地，前面自然有路，只要一直走下去，就会到达。

出发前必须清楚目的地是否就是你要到的地方。动机不明，会走冤枉路。动机含糊却采取了行动，犹如到达后才意识到自己不应该出发。

三

不要期望自己成为别人。别人已经成为别人，所以，你只能当你自己。橱窗中是一个模特，广告里是另一个模特，不要理会他们更高、更强、更好看；不要被骗，他们是他们，与你无关。

四

事情的发展和结果往往与事情本身无关。不少事情理应可以做得更好，只是欲望与金钱常常出来捣乱，又屡屡得手。无论情况如何，尽全力将事情做好。放下你控制不了的事情。

五

假如你希望从工作中获得快乐，明智的选择是所做的事不需要听命于人。如果你无法改变现状，那么你必须寻找工作以外的领域。每天必须留点时间给自己，构筑自己的天地。

六

身边多少事，都是ABC。A是事情本身，B是你对事情的想法，C是你对事情的反应。如欲平静与安宁，请将事情回归到A。

七

无论喜怒哀乐，只要活着，你的呼吸就不会离开你。

感到有压力、情绪难自控时，请回到你降临世间的那一刻——闭目深呼吸。回到起点，觉知当下，了然清晰。妙极。

　　　　　　　　　　　　　　　　　不忙不慌

12

广告是广告，音乐是音乐

我坚持广告是广告，音乐是音乐。音乐应该保持自己的品性，不要因为广告而变成将就的快餐。

周晋进是一位作曲家兼歌手。有一天如果世界没有广告，我知道他一定还在哼哼唱唱，自得其乐。我喜欢和他一起工作，因为他对音乐真心诚意。我享受与录音棚里的莱蒙一起混音，因为他用心灵来处理声音。

大家可能觉得我奇怪。我一直希望在商业世界里实现自我价值。

很难。因为难，所以才有意思。

我跟周晋进聊天，聊到财富不是我们占有多少东西，而是我们是否拥有内心真正渴望的东西。"不管我们今天占有的财物有多丰富，只要我们还在追求自己不可能得到的东西，我们就还是一贫如洗。"这是卢梭的话。

为了不让自己成为精神上的穷光蛋，我在工作中一直希望追求精神富足。在商业世界，这很难实现。我只好退一步思考，要求自己的工作必须对得起自己的专业。这是基本的要求，更是我的职业操守。

有一天如果世界没有广告，我一样读书写字，还会请周晋进过来，唱一首他喜爱的歌。

　　　　　　　　　　　　　　　　不忙不慌

13

快乐地工作

我家小区游乐场有位保洁阿姨，天天骑着一辆永久自行车来上班。每天早上，我都会见她拿着水桶和毛巾，变着花样工作。今天先擦滑梯，明天先抹秋千，后天早上先清洁长椅，一边干一边哼着歌。

让工作变得快乐是事业顺利的秘诀，而快乐工作的要领在于"从无趣中挖掘乐趣"。

保洁阿姨令重复的劳动产生新鲜感，使工作多出原来没有的乐趣。这就像花式馒头将白馒头变为小白兔、花儿和金鱼，馒头告别了平淡无奇的老样子，长得新奇有趣，做馒头的高兴，吃馒头的也欢喜。

工作的乐趣要自己找，寻找乐趣是主动的个人行为。

近几个月我在修改过去写的文稿，天天写，日日改。保洁阿姨每天早上八点到游乐场做清洁，我则每天清晨在固定的时间和地点写稿，在自律中变着花样处理文稿，今天写工作方面的，明天写有关生活感悟的，乐在其中。哪怕有几天受到其他事情的干扰，也不改变既定的计划，做好承诺自己的事。

我想，阻碍我们工作的往往是我们对工作的看法。看法驱使一个人的行动，行动积累后产生结果。假如我们认为工作本身无聊无趣，便会在不知不觉中心生厌倦，提不起劲来，时间长了便会缺乏动力，举步维艰，甚至难以为继。

厌倦使我们呆滞与麻木，渐渐感到沉重；乐趣驱使我们不断向前，轻松快乐地每天进步一点点。日积月累，水平自会提高，并从提升中获得更多正面的反馈，形成良性循环。

从刻板的工作中找到乐趣至为关键。谁懂得找乐，谁快乐，谁能快乐工作，谁就能有更好的收获。

14

消失的上下级

亲爱的网友 M 君：

来信提及你的上级要求下属尊重他，他却特别不尊重下属，你觉得跟着这样的老板没意思，过得有点消沉。

我想了想，感到今天的工作关系虽然等级分明，但从另一个角度看，可以说是没上没下。过往，上级是高高在上不带耳朵的一张嘴，下属是闭上嘴巴剩下两只耳朵的一个人。上级因为掌握更多的知识与技能而成为供给者，下属由于技不如人而变作知识与技能的需求者。

上下级的关系是由知识与技能的供求关系组成的。我入行做广告后，与上级的关系即是如此。上级的知识比我丰富，技能比我高，授业于我；我需要从对方身上学艺，有求于他，便为下属。

今天不一样了。信息革命让知识与技能的供求关系发生了翻天覆地的变化。知识不再由少数人掌握，学问就在

立

你我的手中。廉价的图书，加上网上的资源，只要善用时间，大家都有可能丰富自己。知识虽然成本低，却很有要求。它要求你认真学习，深度思考，细致辨析，这样才能被你获取。

通过反复实践，你所掌握的知识慢慢会成为技能，归你所有，为你所用。技能积累成为经验，经验经过应用和修订又成为宝贵的知识。

今天的竞赛是一场自我提升能力的较量，你与你的上级都处于同一平台上，同时起跑。谁跑赢，谁就赢得尊重。

不忙不慌

15

我没有能力改变世界，但也没有让世界改变我

在广告营销行业，桌子底下，诱惑很大。

离开广告公司之后，我一直胆战心惊，因为我的桌子底下空无一物。朋友跟我说，你不给"这个"，人家怎会给你"那个"？我喜欢把事情放在桌面上，加上过去的一些经历，从业多年，办公室窗明几净，桌子底下除了一双脚，还有一双鞋。

这一切，与奥美有关。我在香港奥美当初级文案的时候，英国大老板哈里·里德（Harry Reid）先生常常拿着一支雪茄，背着手巡视员工的办公桌。看到桌子凌乱的人便说道："桌子乱，脑子乱。"我在旁边目睹，诚惶诚恐，每天到公司的第一件事就是把桌面连桌底收拾得一干二净。

我在桌面上放了一本大卫·奥格威的红宝书，里面有以下这段话：要忠于自己的论点，对客户忠诚，对供应商廉洁，对公司诚笃，而最重要的，是对消费者诚实。

时至今日，言犹在耳。套一句俗话说："我没有能力改变世

界，但也没有让世界改变我。"庆幸身边还有许多在桌面上做事的人，让我在桌面上好好工作，桌子底下，空空如也。

16

卡住文案的几个问题

不少读者来信询问有关广告文案的问题，其中一位读者提及自己40岁有余，想进入广告文案圈，成为自己喜欢的自己，望得到一些建议。

我认为每个人的生命时钟节奏不一样：有的人365天为一岁，有的人730天为一年；按365天为一年的40岁，依730天来算才刚20岁。40岁初学文案似乎年龄偏大，40岁当上总统却又显年轻。掌握自己的内心年龄至关重要，至于出生年月日，更多是在填写表格时有效。

你提到的"想进入广告文案圈，成为自己喜欢的自己"却是一个比较棘手的问题。通过投入事业而实现自我价值是一件美妙的事，只可惜广告创意的本质是代广告主说话，最终的决策权不在自己，而是由甲方的商业决策或个人喜好拍板。除非你感到卖东西可以实现自我价值，同时在工作中能够完全实现自己的想法，不然的话，通过当广告文案来实现自我价值相当困难，至今我都没有做到。

另一读者问道："如何从文案变成创意总监？"

我越发觉得，吸引人们的往往不是工作本身，而是职务所带来的荣誉与权力。有些人以为创意总监等同于"总是在监督"，只需手下完成工作，点评一下即可。渐渐地，不少创意总监将创造性的工作变成了天天跟别人周旋与复述手下的想法。当创意总监的原点是创意，而不是总监，请先把文案或美术的专业做好。

又一读者说他目前的工作是替客户写微信公众号文章，被别人批评不是文案，感到十分受挫，问如何成为一名高级文案。

我以为替广告主撰文推广商品的人都应被称为文案。作家的基本动作是写作，画家的基本动作是画画。只喜欢当作家而不热爱写作，只梦想做画家而不习画，是自欺欺人。我现在每周为一家公益企业写微信公众号的推广短文，获益良多。我不知道自己是初级文案还是高级文案，我从来不在乎这些，不需要别人为自己下定义。

把事情做好，一切慢慢会向好的方向发展。让我们一起好好学习，天天进步。

专

"必要做"必须走在前面,"想要做"才有可能实现。

做好你"必要做"的,才有可能做你"想要做"的。

1

必要做和想要做

许多人在工作中感到苦恼，是源于没有考虑清楚"必要做"与"想要做"。

"必要做"必须走在前面，"想要做"才有可能实现。做好你"必要做"的，才有可能做你"想要做"的。

"必要做"的包括与学习相关的知识和技能，不断练习，掌握它，驾驭它，包括承受打击、被别人否定、遭人们批评；绝对不能少的还有聆听对方的意见，在既定的框架中全力做到最好。不论任何情况，都不能给对方留下负面的印象。"必要做"的事往往刻板无趣，不大合理，还耗费大量的时间与精力。

"必要做"的，不会是你"想要做"的。

我们已经提到："必要做"在前，"想要做"在后；"必要做"是因，"想要做"是果。无论你是想实现自己的梦想，还是希望对方接受你的方案，只要你期望做"想要做"的，都请谨记：先做好你"必要做"的。

期望得到"想要做"的自由，必须接受"必要做"的束缚。

自由不能仰赖别人赏赐，只能靠自己争取。

2

直抵效率的靶心

我注意到片场有位助理特别忙。每个镜头结束后，他都会冲上前准备下一个镜头，不是搬桌子，就是挪椅子。镜头要拍盘中的包子，他整理的却是桌边的调料；要拍小孩吃饺子，他又为他系鞋带。

总之，他所忙碌的，多半是在取景框以外，不在拍摄的内容之中。

他的右手总向前伸出，似乎要够点什么，真的没有东西可够，就抓把空气，将手缩回，在身体前后晃动，时刻准备着。有点像自由体操运动员，永远在起跑之中，继而是接二连三不停打转。

他只在意自己在做的那些事情，而没有考虑自己在事情核心的外围打转，以多余的动作换来疲乏的身躯和别人对自己勤奋的认可。反应越快，多余动作的频率越高，无谓的消耗也越大。

效率是什么？效率是没有多余动作。

两天之内给客户四套方案，看似效率高，其实往往是白忙活。所做的事情在取景框之外，在核心要点的周围打转，只会白白浪费时间。整个团队都这样做，那么这种行动便是群体性多余动作，以虚假的效率换来真实的消耗。这样做倒应了一句话：只讲过程，不论结果。

我想起泰国有些僧人在步行中修行。他们首先厘清了修行的要点，即通过走好每一步来实践。左脚抬起，落下；右脚抬起，落下。没有游离的思绪，没有多余的动作。

用最扼要的动作走完一段路程，是修行之道，也是工作之道。

3

半天来创作，半生来修改

我去了一趟上海，感到大部分从事广告创意与制作的人，只用半天来创作，却用半生来修改。

早上 9 点半到了录音棚，隔壁录音棚就不断传来"动力澎湃，动力澎湃"的旁白；中午吃完饭，听到的还是"澎湃"；到下午我的工作完成，晚上回来取点东西，录音棚依旧处于"澎湃"之中。这汽车稿子写得极为平常，无非是各种功能的罗列，最后是一句似是而非的总结。

视频一分多钟，这六十多秒的时间，怎会变得如此漫长？下午我在休息的时候看见一个文静的、苍白的年轻人从"澎湃"的录音棚晃出来跟一位同事说话，先是抱怨，接下来的还是怨言，语速越来越快，音调不断升高，尾句带有神经质的颤音，说着说着左腿抽搐一下，大腿的肌肉在抖动。录音师开门从录音棚走出来透透气，年轻人的话音才终于顿了下来。他弯下身，从玻璃小茶几上拿起一张抽纸，低头用纸巾揾了一下淌出的泪水。

我从玻璃的倒影偷看，看着他为了这几十秒在发抖，显得过早地苍老。我不知道这中间发生了什么事，是客户临时改稿子，还是有十多人在微信群里七嘴八舌，莫衷一是？

为什么鼓吹人们寻找美好生活的广告行业，却令一些从业者的精神如此煎熬？

所罗门王有一枚戒指，上面刻着：一切都会过去。人世间的事物，无论时间长短，总是要完结的。我不知道能对这熟悉的陌生人说点什么。我默默走出录音棚，在黑暗中，不自觉回头看看，录音棚的灯还亮着。

4

工作的救赎

网友 S 君大学毕业后到广告公司当文案，两年多来辛勤工作，表现却不甚理想。前路茫茫，不知如何是好。

亲爱的网友 S 君：

我们的生活，我们围绕自己精心构建的生活，一直依循着表现模式运行：从小，我们要表现好；长大后，我们被放置在表现与评估的框架中。

我们时刻处于表现模式中，却忘记了表现的基础是什么。假如我们认同现在的本源是过去，那么我们目前的工作表现便取决于过去的积累，也即我们大脑的内存，那些我们称为回忆的一切。

我从《连线》杂志读到一篇很有意思的文章，里面说：我们的大脑，不是在承载回忆；我们的大脑，就是回忆。这并非诗性的表述，而是科学的实证：我们小时候通过识字卡片认识的天、地、人，通过九九乘法表学会的三三得九，在语文课上遇到的青面兽杨志，还有唱过的"长亭外，古道边"……无数带着声音、色彩、气味的学习经历成了我们的回忆，而这些回忆，就是我们的大脑。

许多人在工作中遭遇困境，很容易简单归咎为自己表现不好，而实际情况往往是缺乏基础的积累，误把表现当作工作的唯一模式。

文案的工作模式不单表现为文案，文案的首要工作模式是学习：不仅要掌握相关领域的技能，更要学习广阔天地的知识。唯有这样，才可以在含混不清的方向中不失准确的判断力，勇猛精进，让工作的尊严归属自己。

我们的工作有两种模式：第一是学习模式，第二是表现模式。不管你是否从事广告行业，无论你的职位高低，在工作中，必须不断学习。积累越多，表现越佳。学习，等同于职场中的自我救赎，那些只启动表现模式的人，终有弹尽粮绝的一天。

5

除了钱，广告还给了我什么？

朋友问广告对我的影响。我说，连我自己都没有想到，广告教会了我读书。

为什么会这样说？因为广告创意总要求我提炼。广告要求我提炼市场因素、社会脉搏、商品特性、消费者需求，将纷繁的商品信息提炼成要点，以最有意思和最精练的语言表述出来。

基于职业习惯，我每读完一本书，总会用上广告的提炼技巧，以几句话总结作者的意图。

做广告让我学会了读书需要提炼人物，提炼人物关系，思考书中的物件、场景、情节，在字里行间细致辨析。提炼的技巧帮助我回答阅读中最关键的问题：作者意图告诉我什么，以及他是否实现了意图。

提炼的能力让我认识到优秀的作家就像出色的弓箭手，他们射出的箭永远超出我的视野。箭落在哪里，哪里就是作家早已瞄准的靶心。及后我渐渐明白，我以前读书云里雾里，不知所云，可能是由于懒于动脑，提炼得不够用心。

读书需要找到靶心，看见作家如何实现意图；广告是定好你的意图，全力以赴射中靶心。

无论做广告还是读书，学会提炼，无往不利。

6

强项就是你最强的那一项

一天，珠珠小朋友到我家借书，顺便聊起了她学校的事。

我们从校园生活聊到什么才是理想的学校。珠珠说教室的颜色太闷，应该刷成五颜六色，每一间都不一样；考试应该不用答卷，而变为用科技测量大家会不会，就像测谎仪那样；而最重要的，是学生到了 11 岁左右就应该有工资了。

我问珠珠为什么会有工资，她说到了这个年龄，上学实在太辛苦了。她的工作时间跟爸爸妈妈的一样长，吃完晚饭加班加点做功课，周末没有休息是常态。所以，学校应该参考大公司的做法，按大家的表现发工资。

珠珠认为自己能拿工资的另一个原因是自己在学校的表现十分出色。珠珠信心十足地告诉我，她的臂力惊人，能够双脚离地，两只手交替从铁杆的这边攀到那边，横跨学校的运动场。而且，她的数学成绩在班里名列前茅，去年还拿到全年级第一。我问她长大了想做什么。珠珠说，自己可以当一名臂力运动员，要不然可以成为数学老师，如果学生不听话，就不当老师，往数学家的方向发展。

珠珠坚持天天到游乐场练臂力，手上磨起了厚厚的茧子，曾经破过皮，流出水来，但她从来不叫疼，不掉眼泪，好像习惯了这样。她喜欢数学，从小便觉得做题像玩游戏，越做越兴奋，一点都不觉得辛苦。

她说班里同学有些能按时完成作业，有些连作业都做不好，只跟着老师的课程转。水平一般的同学根本不知道自己的优势在哪里，自己有什么强项。她学着大人的口气说：“他们呀，连什么是强项都不知道！”

我问珠珠什么是强项？珠珠说：“强项就是一个人最强的那一项。”

我身边有不少像珠珠一样的朋友：强项是审美的，成为业界顶尖的时装买手；擅长艺术表达的，成为出色的电影导演；拥有捷才的，成为脱口秀的佼佼者；乐感过人的，成为出色的钢琴家。

强项有时候表现在先天，但更多地表现在综合素质的优势。清楚地知道自己是个独行侠，就单枪匹马去打天下；是指挥官，便在千军万马中发号施令；善于聆听的，请去开导人们的心灵；

专

有条不紊的，可以好好收拾各类烂摊子；个性刚强的，往前冲；秉性温柔的，协调万事。

不认识自己的优势，不培养自己的强项，天天强求自己完成非自己所强的工作，成不了珠珠，只能成为她的同学，很难拿到高工资。

7

别混账

《红楼梦》说，女子一出嫁，就会混账起来。这有点像广告公司与客户之间的关系。

广告公司都这样，比稿的时候使出最优秀的团队，展现最亮丽的一面。一旦拿下客户来，便渐渐蓬头垢面，原形毕露；时间一长，更容易不思进取，自暴自弃。客户见广告公司每况愈下，懊悔自己没有想好，就急着结婚。合同已签订，钱也分批交付，想退也来不及了，心里难受又苦无出路，少不了会提出一些莫名其妙的要求。

我听过一位汽车客户在录音棚对视频广告提出这样的要求：

> "要在激情中酝酿意想不到的平静，同时要在平静中充满暴风雨来临前的激情。必须在澎湃中感受到祥和，在祥和中充分表现气势磅礴。"

以上要求不算过分。我曾经听过一位满脑门官司的客户对着广告公司的业务经理说："你就给我一杯柠檬茶，但我不要柠檬。"

冰冻三尺，非一日之寒。婚姻中的混账问题往往源于时间一长，双方会怠慢对方。两个人不再花时间与精力让自己饱满充盈，少有给对方慰藉，为伴侣打气。当二人都不给迂回的空间让各自活得自在，久而久之，怨闷与不满自然接踵而至。

无论男女，便都混账起来。

解决混账，最好的办法是干脆不结婚，或是婚后以恋爱的心态相处。换言之，与广告公司签订长期合约必须事先考虑清楚。假如双方米已成炊，在合作期间必须相互努力，以行动保持新鲜感，避免当一个混账之人。

8

潜下去，看最美的海

假期我去浮潜了。那片海域像是海底的峭壁，从一大片珊瑚礁陡然而下，深不见底。身边的少年一口气向下潜去，我跟着他，也潜了下去。一群群蓝色的鱼，一时很远，忽而又近，瞬间发亮，转眼变为暗影，你以为看到的是鱼，好像又不是，波光奇幻，犹在梦中。

少年好像不见了，我感到潜下去的只有自己。

前段时间我读了导演大卫·林奇的书《钓大鱼》，他说："创作像潜水，你要潜到海的深处，才能接触到最美的境界。"潜心需要屏蔽，潜下去的只有你自己。大卫·林奇与乔布斯，都以坐禅来使自己的意识宁静。

假如你希望做出一点成绩，最重要的是潜心屏蔽，不受外界的干扰。清静澄明，方能有所成。这就像画家如要好好画上一个小时，需要四小时不受干扰。这四小时是准备工作，使自己完全进入状态。

想在自己从事的领域有所成就，只能潜下去。

最美的境，在最深的海。

9

拒绝馊裤衩

许多市场营销公司和客户都采用简报，列明相关工作项目的背景与要求。广告公司的简报一般称为 brief。brief 是个多义词，指简短，也可理解为内裤。

我在奥美上班的时候，经常听到这句话："桂枝你几点有空？我们来'brief'你。"我一直觉得这句话有点暧昧，不知道该如何回应。

内裤有久远的历史渊源。史前人类以兽皮保护性器官，使人类得以繁衍至今。brief，应是神圣不可侵犯之物；广告公司的 brief 同样崇高，它是孕育、繁衍创意的本源。好简报能理清工作内容，启发思考，让大家少走弯路，提高效率。

若干年前我在盛世长城广告公司上班，公司接了网通的宽带宣传业务。女企划员莎蒂·汤臣负责为传播策略撰写简报。她为项目收集了大量背景资料，勤奋用功，善于分析。她在 brief 上写的传播策略是：网通宽带，帮助每个中国人释放潜能。文案王雪松写了句好文案：承载 13 亿人的奇思妙想。奇思妙想是创造力，创造力是人类的潜能之一，可见好简报真是指路明灯。

弄清楚要说的是什么，跟你如何去说同样重要，两者更有先后次序之分。首先要清楚地知道要说的是什么，接下来再构思怎样去说。简报的作用是回答"说什么"：传播要达到什么目标，为达到目标应该对用户讲什么内容。

说什么等同于立主脑，清楚立意之后才琢磨下一步。简报是一份重要的文件，所提出的是关键而基本的问题，只可惜长期被人们忽视。许多人被迫无休止地加班，为祸的往往是那些"馊裤衩"。

10

到位

上班最重要的是
看各方面是否到位。

做人到位，活儿不累；
说话到位，顾盼生辉；
管理到位，无为无不为；
懂得来事，处理到位，
多做少做无所谓。

敬请诸位：各就各位。

11

流程管理

广告公司一般都有流程部，英语直译为交通部。

大概十点多，叮叮叮叮，一电梯一电梯的人陆陆续续开始上班。中午前后，交通部便开始热闹起来，微信说不清的，都会前来面谈。问题离不开：时间太短做不出来，没有人手你要想办法，工作太多挤不进去，没钱外发要你内部消化。这么多年还是这些。到底是这些问题从未被解决，还是虎去狼来，生命不息，战斗不止？

这让我想起多年前旅居沪上，在南京西路红绿灯前常见的交通协管老头儿。身穿军服一样的行头，虽不是正规军，但有衣有帽，像模像样，右手一枚哨子，左手一面红令旗。遇到闯红灯的人，薄而尖的嘴唇像削面的那片刀，抖起颤巍巍的哨声，削进大上海的喧嚣，跟着一声"小居窦"，红令旗手起刀落。走到一半的人背后一抽，打了个冷战，退回起点。

南京西路的交通协管员没有实权，可他们有行头和道

　　　　　　　　　　　　　　　　不忙不慌

具，浩气在身，正义在手，足以令人敛声屏气，不敢越雷池半步。而广告公司的交通部做的是成本控制、资源调配、时间把控，对公司的营运至关重要，却只能向领导提出客观事实，没有议事权。

许多时候，行头和声势比实际工作能力更容易获得青睐，而对企业运作至为关键的岗位得不到应有的重视是常态。

这是客观现象。工作能力是首要的，假如不被重视，是否要来点行头和声势纯粹是个人的选择。

12

男人的浪漫

广告可以来得安静一点，就像这家店门外的布幌子上写的："支竹火腩饭，男人的浪漫。"

这是一家普普通通的港式茶餐厅，供应现炒现做的浇头份饭，荤素搭配，一个人吃最为合适。从宣传语能看出老板对菜肴怀有感性的理解，像明白她的情人一样。食物有性别、有个性、有年龄：花生像个罗锅老头儿，蚕豆是身条儿走了样的大妈，火腩这广东烧肉是位大块头的中年汉子，而支竹则命运多舛，饱经沧桑。

支竹即腐竹，其前身是豆浆表面细腻嫩滑、一平如镜的薄膜，将这出水芙蓉挑出抻挂成条，风干后便变成皱皱巴巴的干瘪老太。刚烧好的广东烧肉外焦里嫩，脆猪皮与一层肥肉一层瘦肉相间，切成方块后，焦肥韧滑，精致爽利，颤颤巍巍，风光无限，最宜嗜肉者的口胃。

茶餐厅的支竹火腩饭一般是用昨天卖剩的烧肉，加上炸过

　　　　　　　　　　　　　　　　　　　　　　不忙不慌

后又晾在一边的腐竹一起回锅，以少许淀粉勾个半干不稀的芡，一翻两翻了事。回锅的肉是许多中年男人心中永恒的主题：曾经沧海，风光不再，浪子回头，一来二去，回到原点：皮厚的，味浓的，头上有点油腻腻的。

一天晚上我在茶餐厅门外看见一个男人光着膀子，只着一条短裤在盯着这广告。我心里想，也许现实没有对这位大叔网开一面，茶餐厅老板却用一盘支竹火腩饭把这夜的孤寂赶走了，而这位饱经风霜的老男人，也因为一句广告语获得了久违的慰藉。

13

没有烂广告，世界更美好

下面是国外拦截广告软件的数据：

全世界 42.7% 的人在手机或电脑上安装了拦截广告的软件，且数字不断攀升。

由谷歌、微软、脸书等组成的更优广告联盟（Coalition for Better Ads）进行的调查结果显示，人们对网上自动弹出的视频宣传感到厌恶。广告已经成为人们生活中的不速之客。

未经主人邀请而擅自闯入的人，一般都不受欢迎。而从事营销宣传的人便是这些不速之客的始作俑者。为了避免主人发出逐客令，营销从业者不妨多方考量，力求当一位好客人。

既然有事相访，请客人先了解对方的喜好；为客者应在适当的时候出现，以免贸然闯入打扰人家；作为客人不要随意喧哗，切勿大惊小怪；勿乱丢果皮，随地吐痰，制造垃圾；切忌一个人在对方家中没完没了自说自话。假如对方容许你登堂入室，通过座位时切勿让自己的臀部正对着人家的脸。也就是说，没必要将前前后后过多的信息强加于人，以免适得其反。

世界上越来越多的人明白：没有烂广告，世界更美好。

作为不速之客，请将你想要传递的信息包装成一份人家心仪的小礼物，真心诚意奉送给对方。这应是基本礼仪。

14

好客户之道：君子远庖厨

客户挑广告公司，就像进一家餐厅，进去了，便将一顿饭的权利交了出去。当顾客的一定要清楚自己想吃的是什么，有什么忌口，愿意付多少钱。考虑好了这些条件后，才去选择餐厅。

第一步是要挑合适的餐厅。如果不清楚餐厅的水平，不妨问问吃过的人，看看他们如何评价，餐厅口碑如何。一旦在餐厅点好了菜，这事就尘埃落定。至于菜怎么做，味道如何，便全是厨师的事。

我从业多年，见过不少顾客对盘边装饰情有独钟，往往为了盘边上的一两片菜叶而弄得整个厨房人仰马翻，哭着喊着要厨师拿出专业性来解决。厨师自尊心受挫，手忙脚乱，其结果多是菜肴大失水准。

还有一些顾客比较喜欢集体趴在厨房玻璃上隔窗指挥，主观愿望固然是好，但客观规律只顾自行其道。进了一家餐厅，

不忙不慌

菜肴的水平基本上已经定好。你只能在点菜的时候说清楚要轻口还是重口，要辣还是微辣，抑或重辣，或干脆不辣，麻辣单说。如果觉得口轻，桌面有酱油，如果不喜欢酱油味，问服务员来点盐花亦可。

一些顾客更别有韵致，喜欢花钱进餐厅自己掌勺。自己掌勺自己吃，必然感到别有风味。只是这种做法，白白浪费金钱，倒不如干脆回家自己烧。

15

整形广告

话说一家整形医院的广告文案这样写道：

> 请不要与从本院出门的女性调情，因为她可能是你的外祖母。

世界上许多事情是相通的，就像这则广告中的外祖母和传说中那艘年代久远的忒修斯之船，此刻在我的脑海里穿越时空，不期而遇。

忒修斯是传说中英勇的雅典之王，在成为国王之前，他驾船前往克里特岛，用利剑杀死了一只怪物，解救了作为供品的童男童女。雅典的居民为了纪念他的壮举，将这艘船置于港湾，并命名为忒修斯之船。

随着时光流逝，船只逐渐破旧，木板朽坏，桅杆腐烂，于是人们依次更换了船上的船板和桅杆，直到换掉了最后一块船板。

聪明的雅典人不禁提问：

> 换掉一块船板，这艘船还是不是同一艘船？将所有的
> 船板和桅杆替换，这艘船还是原来的那艘忒修斯之船吗？
> 如果把所有的老旧船板用来制造一艘新船，新船是否会成
> 为忒修斯之船？如果将这一艘新船放在那艘换了船板和
> 桅杆的船旁边，那么到底哪一艘才是名副其实的忒修斯
> 之船？

从忒修斯之船我们可以如此推断上面所说的整形广告：改
了脸型、丰了胸的那位女士是不是外祖母？为永葆青春，将自
己身体的关键部位全部整形替换的还是那位外祖母吗？如果外
祖母将自己的头换成一个少女的头，那么这个从整形医院出门
的人到底是外祖母还是那个少女呢？

我们应该如何理解进入整形医院的外祖母？到底是什么定
义了她？那艘忒修斯之船指的又是什么，是组成它的部件还是
它的名字？

唯一可能的答案是一切皆虚妄。然而，这样的答案本身所
指的又是什么？

我不懂得如何回答上面的问题。我只感到这些疑问全在挑战我对事物的固有看法，使我的认知难以为继。

不忙不慌

16

6

游乐场有个小女孩说要卖数字"6"给我。

我问她我为什么需要这个数字，她说："有了'6'你便会知道很多事情。""真的吗？我会知道什么呢？"她说："你会知道 4 和 5 之后是什么，能学会 7、8、9 之前又是什么。还有，你会知道 3+3 等于什么，2+4 等于什么。而且有了 6 之后，你还可以找到我家，我家住在 66 号，你来我家，我请你喝果汁。"

我刚喝完酸奶，不太想喝果汁，犹豫间她接着说："有了 6，你可以到我家帮外婆下楼梯。"我觉得帮外婆下楼梯这件事挺有意思，就点了一下头，她从兜里假装掏出一个"6"给了我。

这位小朋友长大后一定是位好商人，她懂得没有需求就没有买卖。如果商品能够满足用户精神上的需要，便不用多费唇舌与周折，消费者自然会找上门来。

任何为生活带来积极意义的产品，都不用花费过多的宣传营销费用，意义越大，传播费用越低，媒体甚至会免费为你宣传。国外的媒体曾报道过一副能帮助病人康复的手套。这款带有特殊功能的手套能让四肢瘫痪的病人恢复手指的活动能力，令患者能按键盘和控制轮椅，在生活中做到部分自理。

世界上并不是每种商品都带有此类特殊的功能。可是我们不妨想想，你的品牌或产品可以做点什么，为人们带来超越商品的益处？

香港一家蔬菜连锁店，每天傍晚都会推出买一赠一的活动，而在打烊前，店家会把当天卖剩的菜码放在店门外，欢迎人们免费领取。这样做连锁店能清空当天的货品，经济能力较低的人能从买赠和免费送菜的活动中受益，至于那些希望吃上当天新鲜菜蔬的顾客，依旧在白天购买，不影响商店的利润。蔬菜店用超越商品本身的思维和行动赢得了用户的好感与口碑。

你的品牌可以做点什么，让人们获得的不仅是一件商品？

17

默认设置背后的人

我的国外好友曾经对我说，用火狐和 Chrome 的人，比用 IE 和 Safari 的人更有前途。他是公司北美的主管，招聘时常会问应聘者用什么浏览器，对用火狐和 Chrome 的，他会另眼相看。

这背后的道理与使用者的年龄和性别无关，与四个浏览器的界面也不相干。IE 和 Safari 浏览器是预装在微软和苹果系统的默认设置，而火狐和 Chrome 需要自行下载。

好朋友认为用火狐和 Chrome 的人不满足于已有的安排，愿意付出更大精力另辟蹊径；至于那些用 IE 和 Safari 的人比较安于现状，主观能动性没那么强，优点是服从，好管理。

这个结论是职场的用人之道。默认设置的道理不止于此。你和我身上都有默认设置。自身条件是预装的：种族、肤色、性别、眉眼的高低、眼睛的大小、家乡与父母……有些人甚至认为未来也一样，所有的已经确定，命该如此，认了就是。

有一首国外的短诗蛮有意思。

真该死，

生下来我就是这么个家伙，

在宿命的轨迹中行走。

我，

只是一辆有轨电车，

连辆巴士都不是。

这是咒诅。

这样下去我是个孬种，

只能按照既定的轨迹走下去。

不管他们定下了什么，

我走我的路。

我，

拒绝当电车，

一定要成为巴士。

忠于预设的一切，只能接受已有的预装。能否用行动冲破既定的轨道，自行下载新设置，取决于你。

18

洞察与共情

什么是洞察？《现代汉语词典》中的解释是：很清楚地观察。

洞察有什么用处？著名广告人比尔·伯恩巴克说："找到洞察，你能触动他的心灵。"

那么，我们到底要洞察什么？我们需要洞察的是人的共情。什么是共情？共情是人类所共有的情感经验。

无论是文学或艺术作品，还是广告等商业行为，凡触及共情者，便能引起人们的共鸣。《古诗十九首》之"行行重行行，与君生别离"中的别离之情是人类最基本的情感状态。无论古今，不分男女，都会感动于诗中所写的离愁别绪。"行行重行行"，走啊走啊！到底是送别者望远行者之身影渐渐走远，还是远行者正一步一步离开，不甘心于生离之苦？五个字有四字重复，却意蕴无穷，写得如此朴实无华，情真意切，谁不感伤？

"相顾无言，唯有泪千行"，苏轼与亡妻阴阳相隔十年之久，不思量，自难忘。哪怕妻子转世为人，恐怕结局也是"纵使相逢应不识，尘满面，鬓如霜"。在世之人都要经历死别之悲，此为人类情感的另一种普世形态。

生命之短暂是人类共有的悲哀。《荷马史诗》中有"世人腐朽的生命，犹如树叶之枯荣"；《古诗十九首》中的"人生天地间，忽如远行客"，写的是人生迅疾即逝，倏然如过客；李后主《乌夜啼》中的"林花谢了春红，太匆匆"，写的是尘世间一切生命之短暂，这是人类心底深处的情感，有情之人谁不为之悲伤感叹。

李白《将进酒》云："呼儿将出换美酒，与尔同销万古愁。"生而为人有无法解脱的愁苦，销忧解愁，唯有寄托杯中之酒。只是谪仙人又曾写过"举杯销愁愁更愁"，愁难遣，人尽感之。

"春花秋月何时了，往事知多少。"星辰以光年为距离，地球的历史久远不可知，过去有三国、两晋、五胡十六国，李后主感故国往事不堪回首诉说了历史的兴亡，这正如我们每个人都有难忘的过去，缅怀往昔，是人之共情。

洞察虽是个现代词，无数中外古典文学感人肺腑的作品写的虽是个人的体验，但这些独特的体验往往符合洞察中共情的性质。正是因为具备了共情，这些诗歌才能直指人心，流传千古。我从读古诗学会了许多道理，了解共情是其中之一。

专

19

聪明的乞丐

我读新闻，看到一名国外乞丐在路边行乞时立了一块纸牌，上面写着："哪一种宗教最乐于帮助无家可归的人？"他的前面放着九个碗，分别写上：基督徒、穆斯林、犹太教徒、无神论者、佛教徒、持不可知论者、印度教徒等。

一般的乞丐向所有路人行乞，他却精准定下目标客户，瞄准乐善好施的善心人。谁最乐善好施？是每一位路人，还是慈悲为怀的佛教徒、爱人如己的基督徒、梵我合一的印度教徒？他的结论就在这九个碗里：有信仰的人热衷于助人为乐。

这位乞丐是位别具洞见的出色文案。一般乞丐演示个人经历，以自己不幸的遭遇或肢体残疾感动他人，而这位乞丐是以人们的行动达到一己之目的。他将个人的行乞变成了路人的集体主义活动，邀请所有宗教或非宗教人士参与一场善心竞赛。

从广告传播的角度看，他将广告放出去，是期望路人掏腰包。他是广告主，路人是他的客户。而他的这套宣传计划却反客为主，让自己的需求变成了客户的需要。

对有宗教信仰的人士而言，为自己的信仰证言是自发的行为，更带有为所属团体发声、超越个人利益的动机。在西方国家，假如家族信奉基督教，你生下来便是一名基督徒。选择什么都不信，当一名无神论者，是对家族信仰的一种背叛，也许是这个原因，寻找叛逆的合理性成了他们内心的渴求。从新闻报道的照片所见，无神论者布施最多，什么都不信的人似乎更希望证明自己富有善心。

人们说乞丐无业。这位乞丐不工作吗？他天天上街摆出九个碗、九块牌，思考受众的内心需求，写文案，做营销。我的工作和他的没两样，都是在揣摩客户的心思。

20

上床

明年3月我67岁。在此之前，我希望跟心仪的男人不断上床。

有兴趣的可以聊聊，我喜欢作家特罗洛普。来信请寄NYR邮箱10307。

66岁的高中英语老师简·尤斯卡将这则小广告刊登在《纽约书评》上，在纷繁的分类小广告中非常显眼。广告内容富有冲击力，目标对象清晰明了，简只愿意跟读书人上床。

简从学校退下来后，儿子已长大成人。她一人独居，在大学兼职任教之余，积极参与社区活动，但无论生活如何忙碌，都无法排遣30年来离异后的孤寂，身体与灵魂渴望与男性对话和交流。

广告刊登后，简共收到63封回信。她把来信像判作业一样分为优、中、劣三等。劣等的包括一些老男人的裸照与歪诗；

中等的没有语病，中规中矩；优等的意境含蕴，诗情隽永。

通过这则广告，简跟许多人上了床，对象从 32 岁到 84 岁。后来，她把内心的原委与历程记下成书，书名为《圆脚跟的女人》（*A Round-Heeled Woman*），文本被改编为舞台剧，大受欢迎。及后，简再写了两部书后辞世。

这则小广告开启了一位女性的新生。敢于发表自己内心想法的简，以勇气迈过轻蔑的火焰，让自己成为命运的主人，用生命最后的 20 年收获了爱情和个人的自传。至今西方媒体对 1999 年的这则纸媒小广告仍津津乐道。

大家认为这件事有意思是基于它不常见。一般人会认为内心渴求性，放在心里就好了。在公共场合，人们总喜欢包装自己，将自身变成别人眼中理想的自己，而简却如此直接，将心中所想公之于世。

广告一般是找个说法去包装，这则小广告却与读者坦诚相见，一丝不挂赤裸裸。

21

汽车广告

视频广告中有两名赛车手。二人共有两只眼睛能看见，其中一位是盲人。他们分别驾驶同一款车，在云遮雾障的高速公路行驶，最后盲人赛车手以速度胜出，安全抵达终点。

盲人赛车手表示："我因失明而获得的不是敏锐的听觉；我得到的，是信心。"广告的字幕写道："可靠的科技是值得你信任的科技。"广告推销的不是自动驾驶汽车，表达的核心信息明显是信心，信心让这位盲人赛车手顺利得胜。

我不知道你从视频中领会到了什么，相信了什么。我相信我看到的只是一则带有预设桥段与分镜头脚本的广告。

广告中的盲人赛车手到底相信了什么？他信任汽车的性能、过去的经验，还是坚信脚下的地面是坚实而稳固的？

从地面拉远来看，我们会看见我们栖身的陆地只是地球的一部分，而地球这颗行星在太空中围绕太阳运行，悬浮于宇宙中，完全没有根基固定在任何东西之上。

我们到底可以相信什么？我们身处的银河系是一个在相互重力影响下环绕轨道运行的恒星集群，银河系恒星的总数超过2000亿，在我们可观测的太空中，我们可以找到至少1000亿个星系，而银河系只是千亿分之一。太阳系的所有行星开始都是由一片片岩块和尘埃吸积在一起的，然后各个集群互相影响，地球的物质是由彼此的重力相互约束，而非长久固定在静止不动的坚实地面上。

盲人赛车手和我一样，信任脚下的地面是坚实而稳固的，而这种信念真的那么可靠吗？我们的日常生活不也是充满了信念吗？我们相信白色代表纯洁，红色代表热情，相信表哥的儿子会考上大学，可是这些信念的基础是什么呢？白色同样可以代表丧事，红色也有可能是危险，表哥的儿子还没有考大学，我们凭借什么相信某些概念，怎能相信还没有发生的事情？

我看书读到这样一段历史。多萝西·马丁与她的信徒相信1954年12月21日地球将会毁灭，而外星人会在大劫难的前一晚降临地球，拯救所有信徒。

为了迎接这个重大的日子，信徒们辞掉了工作，脱离了家庭，一起生活，静候大日子的到来。1954年12月21日早上，地球没有毁灭，外星人也没有来，于是多萝西发表了以下声明：

由于信徒们坚定不移的信念，地球免遭毁灭的厄运，外星人不需要到地球拯救人类。信徒们深感信念的神奇力量，变得更虔诚坚定了，他们急着要向世人宣告："信"是何等伟大。

信徒们与盲人赛车手一样，只是以一种盲目的信念理解世界。我不知道信念是什么，我只是希望跟大家聊聊广告。我想，当我们谈论广告时，我们还可以谈论点什么。

不忙不慌

卷 二

生 活 不 忙

慢

一切都飞快、极速地搜索、复制、粘贴、转发，

不需要你记住，因为根本用不着想起。

1

小长假

曾经有一段日子，我经常给自己放小长假。那两年我在达彼思广告公司工作，每星期从北京飞一趟上海，在复兴公园的一棵松树下，度过了无数段美好的小长假。

我习惯早上班，早上的工作告一段落后，接近中午，松树的树影便如约浮现，招呼我到它身边歇歇。11 点 45 分下楼随便吃碗面条，从公园的后门进去，走过一尊雕像，那树就在小坡上等我。走向这松树，就像参加节日聚会一样，心中充满无限欢喜。

这个假期没有目的，不用计划。假如你看过灰喜鹊日复一日在傍晚欢天喜地聚集在同一株梧桐树上歇息，便会明白我在午饭时分坐在这株高耸的松树下，等同灰喜鹊回到自己熟悉的地方，是自然本性的快乐。

事实上我不是在休息，因为我一点也不疲惫。我只是在度一个与疲乏无关的小长假。这样的假期规格足够小，仅仅是一个人加一小时；这段假期足够长，是因为常常放，加起来也算够长了。

　　一个人在松树下什么也不想，什么也不做，脑中没有抽象思维，口里没有冗词赘语，比稿提案烟消云散。

　　小长假的幸福是无可比拟的，因为一切从眼底滑过的景象，存在着根本的神圣和永恒的意义：这位和那位恰巧经过的男男女女，还有一百年后走过这里的男男女女；这些和那些在空中飘荡的风筝，断了线的和不会断线的风筝；哇哇哭闹的婴儿，坐在红色的、黄色的、三轮的、四轮滚动的婴儿车中；单脚走路的斑鸠，迂缓飞翔的斑鸠，还有刚落在微微颤动的树梢上的那只斑鸠……你们的呼吸，你们的影子，都和我在一起。你们的经历，我也曾经历；当你们经过，我也正好路过。

　　小长假，能放多放。

2

慢车

飞机虽快，我却喜欢坐火车。

火车能保存记忆。我指的是那种时速一百多公里，一上车就是一天一夜的慢车。由于没有走得过快，人与事在行走之中不会被速度甩掉，车上的经历以及所读的书，下了车依然鲜活，数周后历历在目，旅途中的记忆全都安好如故。

飞机则不然，时速近千公里的飞行，多少倍地超过了人类在历史长河中奔跑的速度。在疾驰中，一切都被甩到后面。我坐过上百回飞机，至今想不起任何一位坐在我身边的乘客的容貌，空中旅程的经历一概杳无踪影。

距离这段火车之旅已经一段时间，我清楚记得我在餐车上吃的那份西红柿炒鸡蛋的味道，叫白米饭送的那碗清淡无味的蛋花汤，还有调整床头小灯时指尖的触感。我用微弱的灯光在深夜里读《西游记》，看到金角大王哭银角大王，悲悲切切，书上写着："这正是'人逢喜事精神爽，闷上心来瞌睡多'。"看得迷迷瞪瞪，按下床边的小灯；一觉醒来，明确记得时间是 5 点 37 分。还有许多的细节，罗列起来足够写个短篇。

许多事情我们已经不用记忆了。一切都飞快、极速地搜索、复制、粘贴、转发，不需要你记住，因为根本用不着想起。

3

友谊商店买不到友谊

我每次路过友谊商店总会想起这个故事：

狐狸对小王子说："人类再也没有时间了解任何东西了。他们都到商店那边去买现成的。可他们却找不到一个出售友谊的商店，所以人没有什么朋友。如果你想要一个朋友，就驯养我吧。"

友谊商店大抵不卖友谊，因为友谊不是商品，不可以用钱来买。友谊不是满足欲望，不能用完即弃；不是物件，并非有用则合，无用则分。

小王子问："要驯服你，我该怎么做呢？"狐狸答道："你必须非常耐心。首先，你在离我稍远一点的地方坐下来，坐在草丛里。我会用眼角瞅瞅你，而你什么都不要说。语言是让人产生误解的根源，你只需每天坐近一点点。"

我与身边好友的关系也是如此。我们不一定居住在同一个城市，即使住在同一个城市，也是数月或半年才见一次面。双方保持一定的距离，话从来不多，却相互关照，彼此关心。

狐狸说的友谊之道带有疏离的学问，说得在理。而更为重要的是，在一个金钱至上的世界，珍贵的感情不能用钱买，友谊商店买不到友谊。

4

水果刀

生活在一个极速发展的时代，许多人和事还不如一把水果刀。

就像我母亲给我的这把小刀，我不知道她用了多少年。我很矮小的时候就见过它。那时候我仰着头看着妈妈削萝卜、削雪梨，雪梨皮一圈一圈徐徐地转着下来，不知道从哪里开的头，又在哪里结束，很长很长。

二十多年前我从香港到内地，妈妈将这把小刀交到我手上，再加上一个烤盆、一个汤锅，千里迢迢，连人带家什，我就这样来了北京。

后来我担心保姆会误将小刀与果皮一起扔掉，便在刀柄结了一个红丝带，就像采参者用红线系着人参的胳膊腿一样，生怕它会跑丢。

日子周而复始，年头越来越长，眼前无数事物出现又消逝，这把小刀依然锋利如故。春节时我用它削萝卜做萝卜糕、做雪梨炖银耳，我母亲当年做什么，我又重复地做着。无论相隔多少年，这小刀一直恪尽职守，领我回到儿时光景，为我保存着久远的温馨。

5

三个出口

由于理解不了时间，我转而去思考自己的能量。

我发现能量有三个出口。每天早上我从 A 出口去工作，傍晚从 A 出口归来。

在 A 出口，我将能量放在一些令自己感到充盈的事情上：阅读、记笔记、写公益公众号文章及处理工作文件，从事一切与文字相关的活动和学习新知识。这些事情耗费大量精力，可是在精疲力竭之后，付出的能量焕新了我固有的看法，使我收获良多。从 A 出口，我获得了更多能量，精神焕发，丰沛充盈。

第二个是 B 出口。这个出口不需要投入多少能量，也不会回报更多能量。例如，舒舒服服躺在沙发上刷小视频，看朋友圈、小红书。我很少在 B 出口往返，这是基于我深深明白人生苦短，时间有限，不能浪费光阴。

能量的 C 出口是从事自己没有兴趣的工作。一天过去，能量消耗殆尽，却没有收获正面的能量。不只工作，哪怕是一段作茧自缚的感情，也只是消磨自己的元气与自尊，自寻烦恼。C 出口只会消耗，没有能量回报。

我对能量锱铢必较，绝不会浪费自己的精力在 B 出口；也逐渐明白，将能量用在 C 出口，是枉费人生。

来自人生的束缚严峻而残忍，没有丝毫怜悯之情，我们只能通过自己对能量的约束，方能以能量获取更多能量。

我喜欢走 A 出口。

6

下半场

一个月过去了二十多天，一年就这样过去了一个月；这个月过去了，剩下的日子很快又会去得无影无踪。来不及回头看看，一生就这样倏然而去了。

如果你今年三四十岁，不知不觉之间，你已经步入人生的下半场。

这下半场该怎样安排，值得停下来好好思考一下。

从目前的所在地到达目标，我们不可能看清前路，因为地球的曲度不会让我们看到远方的终点。道路常被云雾遮蔽，有时候山重水复，有时候柳暗花明。

前路的不确定性就像一个小孩会煞有介事地对你说："我知道之后会发生什么事情。"而当你认真地问他，他会说："我不能告诉你。"事情发生之后，这小孩又会狡黠地来一句："你看，我早知道会发生这样的事。"话音未落，一溜烟跑得无影了。

如此，我们只好朝着看不见目标的方向不断前行，做好眼

　　　　　　　　　　　　　　不忙不慌

前的事。在人生的下半场，还要不断适应现实与预想的落差，做好不如所愿的准备。

假如努力了，结果却不如自己心中所想，不要灰心。一名出色的弓箭手在射箭的时候会遇到无数不可预见的因素影响结果。只要自己做好该做的，把箭射出去，便已足够。

不要回望过去，也不必寄望未来，集中精力做好眼前的每一件事。过去已经消逝，未来在你的处境之外。一天天过去是一年，一年年过去是一生。今天你怎样过，这一生你就怎样过了。

7

这车，我可以不上吗？

坐车从市中心回公寓的路程大概十分钟，在车上我想起我的母亲经常说："一辈子很快就过。"

她好像是那年六月去世的。我想啊想，不知道她过世这件事情具体是什么时候发生的，有时候甚至怀疑到底有没有发生。一旦感到真的已成事实，我才意识到过去的所有不翼而飞，简直不可理解。

一辈子有多快，十分钟又有多长？从上车到下车，是否就是一辈子？

哪怕路途平安，我都想问一句："这车，我可以不上吗？"

对于"我是否应该存在于世上"这个问题，我没法再问妈妈。后来我坐过无数趟车，都没有再见到她。

不忙不慌

8

孤独的车厢孤独的人

我从来不介意路途漫长，也不介意周末坐高铁的早班车。坐周末的早班车的好处是人少；坐慢一点的车，人更少。

城市还在睡梦之中，我走进车站，看见那亮晶晶的大理石地砖正随着我的脚步铺展开来。一切的麻烦，比方说迷路，找不到售票处，找到之后又说回程票不能再更改，只能退后再订，还要扣钱云云，这一切的假想只是让我更融入此时的环境之中，领略孤身一人的妙处。

因公事出门是件好事。人在行进时，生活会变得基本而清晰：几件衣服，一个杯子，一本书。

我进了车厢，看见所有椅子坐得端端正正，全为我准备好了。开始时我一个人占了整个车厢，后来稀稀落落上来四五个人，我挪到前排，一个人仍旧占了大半个车厢。空位子太多，没有人会坐在自己的身边。这真是个喜讯。

列车吞噬着轨道，不断向前。隧道黑黢黢的，我感觉这车不知道要带我到什么地方，于是我一人走到车厢连接处，把脸贴向车门。天色在光明与黑暗之间犹豫，地面飞一样地被甩到了后面。我这才意识到，原来这车开得如此之快，心里不禁有些害怕。这恐惧也是由于孤身一人才领略得到，却也算得可贵。

回到座位，再次感到空旷，车厢里没有过多的人呼吸，少了满客时的气味，空气变得轻盈了。

感谢那些爱睡懒觉的旅客，他们没有坐上这班早车，把这份宝贵的孤独白白给了我。孤独的人是有福的，因为他感到宁静；宁静的人是有福的，因为他可以进入思维的无人之境。

9

太古城

我曾经在这些街道上走过许多年，此番回港还是跟以前一样，总在迷路。

生活在这里的人看见的是一座城，久别归来的人看见的是另一座城。

从前的美食广场、菜市场、商店都不见了。失去了熟悉的标志，才发现这许多楼宇跟原来的一模一样，像个迷宫，好像永远也走不出去。

我现在住的饭店原来是我上班的地方，我住的十一楼过去是 Y&R 广告公司，九楼是李奥贝纳，八楼是奥美香港，许多年前我在这里当广告文案。天地间这一栋狭小的写字楼，曾经是贮藏青春、爱情、希望之处。红色的地毯，长长的走廊，楼底下几株姿态各异的洋紫荆树，这里是我心中永远的太古城柏嘉商业大厦。

我们经历的片段大抵如此：一些人偶然相遇，聚在同一栋

慢

楼一起工作；及后一个人离开，更多的人离开，一个角落被遗弃，最后一个地方被放弃；离开的人又重新出发，到达新的目的地；被遗弃的地方换上了新的布景，新的一批人又来登场。

不管改变得如何，被遗弃的地方永远不会消失，过去的一切只是以另一种方式存在着。就像我这个离开很久的人，虽然走得很远，一回头，过去的一切骤然而至，仿佛就在眼前。

从前我会迷路，今天我继续走，依然找不到出口。

不忙不慌

10

从海防道到弥敦道再到加拿芬道

藏族牧民要开展销会，我要帮忙卖围巾，我们需要一台POS 机。

我与藏族牧民先巴东知要从九龙尖沙咀海防道走路到弥敦道，到第一站见一位陌生人，再从弥敦道走到加拿芬道，由陌生人引荐另一位陌生人。第二位陌生人可以借给我们需要的东西——一台 POS 机。最后，我们要返回展会现场：海防道。

我从小在香港岛长大，不熟悉九龙的道路。这天早上，我从家里出门后一直用手机地图找路线，认真练习如何听从导航领路。我要带着这位从未到过香港的牧民走进这繁华的都市，穿过一条又一条热闹的长街，路经名牌店、珠宝店、钟表店，等待红灯与绿灯，穿梭于熙熙攘攘的人群。

我久居城市，习惯这里的一切。我们顺利从海防道走到弥敦道的酒店大堂。第一位陌生人是位女士，走路有点外八字，戴眼镜，鬈发，说话尾音晃动，声线低沉不见底。

慢

这"低音"领着我们走过许多通道，在城市的血管末梢漂流。在错综的小巷中，不知道什么时候经过了什么地方，便拐进一幢商业大厦，穿过几道门，坐上电梯，开门后见到第二位陌生人。

这位女士是美容院的老板。嘴上有一层膜，膜上是口红，口红没有完全盖住膜，所以露了膜。脸上的皮肤白皙紧致，像鸡蛋壳里的皮儿，形成另一重膜。美容院里面是小房间，放着粉色的床上用品。老板在粉色的房门口用语速极快的广东话为我介绍 POS 机的用法，以都市女性的精明能干和不耐烦反复说着相同意思的话。

示范结束后我们提着刷卡机走向归途。下楼时我发现手机电池已耗尽，用不了导航，该怎么回去？

先巴东知没有说话，低头示意我跟他走。

我随着先巴东知在商标、货物和形形色色的符号中穿行。城市的标识是我生活的依存，我们互相赋予意义，大家彼此了解。太阳从高耸的楼顶身后射进来，锋利地削进橱窗的玻璃。商品与阳光刹那间迸发出刺眼的光芒，我蓦地看见自己附着在橱窗中。

一抬头，先巴已经走远，我加紧赶上。

　　　　　　　　　　　　　不忙不慌

头顶是天，脚下是地，这里不再是城市；在一片无尽的荒原中，城市的标记褪去了所有的意义。

我低头看着自己的脚步，一步步向前。

慢

11

钟楼与山楂树

我从图书馆回家，按理应该经过那座自负的钟楼。图书馆在长街的末端，出门直望便可以看见一座尖顶很高的建筑物矗立半空。我每天下午从馆里读完书出来便远远见到它。

我亲眼见过这尖顶将天上一段长丝带白云生生切断，毫不留情。天空因为承受不了钟楼的石头和铜钟的重量而变得郁结低沉，难受得抽噎不止，下起连绵的小雨。这钟楼却依然故我，态度冷漠，老气横秋。

整点时钟楼按时响钟，星期日和宗教节日它会响起带旋律的长钟。由于一年到头工作无休，钟楼不免积怨成恨。怨恨找不到发泄的地方，会无缘无故自负起来，人间的老头儿如是，眼前的钟楼也一样。这座钟楼在自负中带有一种顽固的气质，跟它的岁数有一定的关系，它是中世纪的产物，已七百多岁。

我不想从这"老顽固"的身下走过，便从长街拐进另一段路。这条铺满植物的小路和图书馆一样，蕴涵着许多的思想和

不忙不慌

奥秘。

两旁的石头围墙上长着星星点点的青苔。在下着霜的冬日遇见鲜绿的青苔，会闻到森林的气味，这气味带有春天的气息，而且含有晴天的元素，它不仅唤起了春日晴天的感受，而且证实它们真实存在。只要我们感知周围的事物，不仅可以在严冬触及春天，还可以从眼前迈进永远。

小路旁有户人家种了两株山楂树。山楂花从前是教堂祭祀的花朵，纯洁的花蕾放在祭坛上面，与久远又神秘的祭礼相连着，带着超越时光的品质。眼前的两株树虽然长在人家的院里，树上挂着零星的红色小果，然而，我见到的却不是果，而是花。我看见黄色的花蕊，雪白的蕾丝山楂花冠在树木深处盛开，从来没有凋零。

我小时候在天主堂老闻到一股又苦又甜的味道，不知道是否与这两株树有关。这股特殊的味道夹杂着圣咏的和声，伴随神父手中的小金铃的回响，为跪在教堂木板上那个小小的、诚心祷告的我洗净罪恶。

每次到天主堂忏悔后，我跪下的膝盖都感到莫名的疼痛。我记得在家里阳光明媚的客厅看着自己隆起的膝盖骨头，认为这难言的痛楚是由于自己罪孽深重，深深感到自己是个不幸的人。又由于期望获得大人的尊严，不敢将心里的痛苦跟任何人诉说。

当年我很小，却清晰地感到负罪感在思想的隐蔽之处，自己是个孤立的个体，藏于这意识之中。

写下这些是回应一些朋友问我要一些在英国旅居的照片。我没拍多少照片。我在这里只是天天走路。走了半天，发现过去根本无法到达。过去，藏匿在我们意想不到的物件之中，就像这两株山楂树为我召唤了原来消逝的时光。

我在时间的夹缝中行走，感到自己既在过去，又处于永恒。

12

由一盒糖所想到的

朋友送我一盒糖。

糖盒盒面上站着一个可爱的金发小厨师，腰间别了一条小毛巾和搅糖浆的木勺子，厨师身后是几间乡村小房子，远景绿油油的，一片田野风貌。这样的手工糖，我一见就喜欢，味道应该很好。

盒边的封条顽固地粘在接缝处，需要用热水润好几分钟再加上小刀的作用，大费周折才能打开，我一直尝试忘记它的不友好。想真正了解一件事物，无论是一盒糖还是一个人，都需要最大限度地接纳对方，忽视任何缺欠之处，忘记那些令人不快的经历。

这就像我们去看一场电影，会赋予这部电影最佳的起跑优势，接着像观看一场赛跑，心情忐忑，翘首盼望对方到达预期的终点。糖盒终于打开了，糖是破碎的。我想也许是铁罐里没有垫纸，于是我持续下去。

这份持续让我进入事物的内核。我挑了一枚相对完整的糖块抿了一下，太甜了，而且味道不是天然的果味。我将盒子翻过来，看见配料表上写着：果糖，香味剂，含 E100、E162 色素。

　　对事物有过高的期望，能让我们与之走下去，直到有一天，当我们进入内核，才会真正认识对方，了解其内在。事物的本质，自然会显露在阳光底下。到时候，琥珀是琥珀，淤泥，只是淤泥。

　　　　　　　　　　　　　　　　　　不忙不慌

13

速度与回忆

眼前的三环路很堵。

那辆在我前面的车老是反应迟缓，能走它不走，待后面的车鸣笛半天，司机才回过神，打个愣儿，再启动发动机。汽车行驶在路上必须按照正常的速度前行，没跟上节奏的司机，不一定是反应慢，也未必是车技不过关，更多时候是由于他们当时正处于回忆之中，在想着从前的事。

车子往前开，司机的思维往后倒，这一前一后相互抵消，车子便一动不动了。

人不就经常这样吗？身处现在时，思维却存在于回忆之中。很多时候，人还会走进回忆的时空，将人与事重新编排：转场景，换角色，添加情节，改写台词，把过去发生的事从头刷新、反复排演。

人在回忆里越是投入地去改写回忆，便越难从过去的意象中抽身而出，回到现实。那位在三环路上的司机听到路上的鸣笛声后愣了一下,是回忆转到现实、时空切换的明证。这个过程哪怕只是一瞬间,也需要耗费时间。

正因为路上"回忆中的司机"数量众多,叠加起来便消耗大量的时间,令本已拥堵的路堵上加堵。遇到这种寸步难行的情况,人们经常抱怨说:"怎会堵成这样!"相信那些在路上回想往事的司机,也同样如此骂骂咧咧,但他不会意识到在那停顿的片刻,自己更容易走思,在追忆中不愿离开。路上的司机更万万没有想到,众多人的回忆竟然加剧了拥堵的现实。

回忆与速度相关是一个可经观察而得的结论。

看看老人,便知道活在回忆中的人一般都走得慢。老人的步伐慢不单是因为腿脚不利索,回忆明显在拖他们的后腿。老人每走一步,双脚同时踩在消逝的时空中,边向前,边回顾。距离过去的时间愈长,回忆的创造力愈强;心里想的是什么,过去就变成什么样。老人一边走,一边在脑海中抽取过去的时光切片进行回想与创作,使过去成为他认可的过去,好让自己徜徉其中,安度余生。"老人步履蹒跚"是一句带有音乐性的句子,慢板的,抒情的,带有悠扬的旋律。

也许,我们根本无法活在当下。身处现在时我们会情不自禁地想走回过去,用虚实交织的过去混合此刻的历历在目。回

不忙不慌

忆和时间这两位出色的艺术家，以高超的技巧联手创造的作品包罗万象，在瓦解现实的同时，也神不知鬼不觉地构建我们的当下。

14

给女儿的信

亲爱的 JJ：

　　每个星期天，我们回家都经过这段高速公路。你看，这路上的汽车像不像一座又一座孤岛，在城市的汪洋中漂浮。

　　眼前的这些孤岛在公路上一个挨着一个，左右相邻，前后相间，虽成群结队，但始终咫尺天涯。漂浮的孤岛无法逾越它们之间的罅隙，没有一座孤岛与另外的孤岛不存在距离。

　　就像我们俩，虽然有着亲密的血缘关系，却如两座独立的孤岛，茕茕孑立。

　　我们各自存在于自身的孤岛上，脑海中充满了难以抵御的念头，情绪跌宕无常。从朝起到日落，我们跟自己无休无止地对话：回忆着从未发生的过去，臆想着千真万确的未来。我们在各自的孤岛上编织自己的故事。每个人都在述说孤岛上的经历，就像我们一起读过的《鲁滨逊漂流记》。

人们到酒吧聊天，谈情说爱，结婚生子，总期望将自己的故事分享给别人，奢望别人能进入自己的内心。然而，没有一个人能到达另一个孤岛。因为我们都被"自我"囚禁在孤岛上，没有人能离开，漂浮的孤岛只管自顾自漂浮。

我们能做的，是竭尽全力写好自己的故事，让它不至于语焉不详，陈词滥调。

JJ，写好你的故事，我在这孤岛上等待着，等待风中传来你的朗读声。只要你用心写，只要你真诚读，我永远倾听。

觉

空气中只弥漫着相思的味道。

长日光阴，总有一些浪漫的时刻等待着我们。

1

相思食堂

我在为客户拍企业宣传片。午饭过后在食堂等车，看见一个男人坐在长条凳上。

这个人始终没有移开自己的眼睛，久久地凝视着手机屏幕，反复听着一首情歌。饭菜的余香荡然无存，空气中只弥漫着相思的味道。

太阳弯下了身，从大粉条门帘中间悄悄地钻了进来，寻找它的任务。金黄色的光芒越来越亮，打到白瓷砖上，在这男子的侧面补了一缕温柔的暖光；铁汉柔情，缠绵悱恻。我失神地看着，不知道是什么温暖的东西触碰到了我的脊背。那光明明就在眼前，我的脑子却一时转不过来。

长日光阴，总有一些浪漫的时刻等待着我们，就像那一天在工作中出其不意获得的温暖感觉，在心头落下一丝难以磨灭的印象。只要我们愿意多看，日常不过的生活一点都不寻常。

2

电话会议

会议室空无一人，我来早了。

椅子腿大概是黑色网状金属的，会议桌约是褐色木纹油漆面的。桌上好像有一坨凌乱的电线，顺着桌腿往下找出路。纠缠的电线将地面的小方块拼接地毯无情地翻了起来，双方丑态毕现，互相不留情面，无奈地共存着。

会议室的左角放了一台饮水机，旁边垃圾桶套着黑色的塑料袋，打着一个结，上面架的是一个红色塑料滤网，装满人们喝剩的茶叶。往右是一盆绿植，是常见的大叶绿萝。所有会议室长得都差不多，幸好会议室朝西的一面是一扇窗户，缓和了眼前令人厌烦的景象。

这是个电话会议提案，一群人对着空气，在机器面前你一言我一语。开电话会议，对方不在眼前，适合肆无忌惮地心不在焉，在人们讲话时按下静音键，各自在心里忙自己的事。

成功的电话会议提案，要领只有一个：了解并满足对方的需要，把对方心里所想的漂漂亮亮地说出来，或是从另一个角度支持对方的观点。通过电话会议期望对方接受截然不同的想法，有点痴人说梦。一方面是人的自尊心会蒙蔽理智，为了维护自尊，人是不会轻易放弃自己的观点的；另一方面是人善于保护自己，会想方设法拒绝反对意见，防御没有必要的攻击。

由于这回电话会议我方备课不足，答非所问，对方有些急了，这边急着为自己辩解，也不自觉在提速，双方的话语像雨点频密敲打窗外空调的金属面板，叫人烦心。语速越快，沟通越无效。会议已经开了一个多小时，双方越说越乱。

看看时间，刚好 6 点。我在会议室东张西望着，不想身后的太阳转了个脸，正照向我的对面，原本模糊不清的绿萝叶从会议室里挣脱了出来，闪闪发光，四周一片静穆，如此司空见惯的地方，散发着近乎神圣的光芒。

我仿佛摆脱了人群，不由自主离开了这里。待我回过神来，会议已经结束。

这一天光芒万丈，至今历历在目。

　　　　　　　　　　　　　　　　　　　　不忙不慌

3

霓虹灯下

每隔三分钟，霓虹灯熄灭十八秒，灯上闪亮的熊猫串串餐饮店灯箱断电一次。就在这十八秒，月亮沿着它那古老的路线，从地球以外的三十八万公里处，不远万里来到人间。

我站在熊猫串串的霓虹灯下等车，正纳闷这夜半三更是谁将两只撇嘴的熊猫放在天上，怪模怪样的，忽然听见霓虹灯上的火锅串串吱吱作响，刹那间，霓虹灯断电了，熊猫从这个城市的夜空蓦地消失了。

霓虹灯灭了，月儿亮了。

在这十八秒之内，我和你同在一轮明月之下；无论相隔多远，你我终于千里共婵娟。我依稀看到月亮上面明明暗暗，暗面里住着"月中人"，暗影里的鼻子和眼睛被月亮明面散射的冷黄色光晕烘托着，"月中人"的脸朦胧得蓝蓝灰灰，显得晦暗又迷离，似乎要向人诉说那些亦真亦幻的千古传说。

十八秒，仅仅够令这一切的思绪一闪而过，正想仔细看，灯丝突然再次发出吱吱声，撇嘴的熊猫又御风而来，高悬空中。

　　熊猫来了，玉兔跑了；霓虹灯亮了，月儿走了。月儿如此仓促，怎么来得及千里寄相思。

4

一粒葡萄干

最近，我感到有一丝忧伤的情绪。有时候人是这样，莫名其妙地伤心难过。

我想起聪明人李白说过："举杯销愁愁更愁。"于是，我听从诗人的劝告，不启动解决模式，不去问自己为什么难过，不为哀愁而发愁，不去想如何消除这许多无名的烦忧。

工作的时候我特意吃了点葡萄干，希望能放松放松。昨天晚上我心血来潮，将一粒用水冲洗过的葡萄干放在一张白纸上，舒舒服服地坐着，细心看它。

灯影下，我看见这挂着一点水、七皱八褶的葡萄干上有平原，有山岗，有晨曦，有江河，上面还附着一个小白点，顶部是尖的，明显是个钟楼。

我写下从这粒葡萄干上看见的景象：

　　　　站在山峦的前方，我抬头看见千岩万壑。晨光，照耀着琥珀色的江河。河水被堤坝一分为二。

我站立的地方只能见到河的一段，想望见河的另一段，要徒步走过一片广阔的平原。

群山中有座乳白色的钟楼，走上去，便能看见河的全貌。我登上钟楼，却看不到河水，只见两道绵延的裂缝，将雄伟的群山切割开来。

聚精会神看一粒葡萄干很有意思。这种由里至外、极度集中的思维活动，能让我注视自己意识中的状态，而在这些意识被验证为真实之前，我清晰地看见，意识处于我的自身之外。

当我察觉到意识处于自身的外部，我顿时明白，意识是意识，我是我。

不忙不慌

5

走在那些男人稀疏的头发上

一个城市的生活压力，跟当地脱发男子的数量有一定的关系。

在英国的大学城，当地的年轻男子个个头发丰盈茂密、油光水滑。我坐公车看着前座年轻学者的棕发后脑勺，在汽车转向时会产生拐进一簇簇浓密树丛的幻觉。

发际线后移的现象，见于当地为数不多的中东移民，尤以少数族裔货车司机、修路工人最为普遍。在这些年轻的脸的周围，脱落的头发像夏天茂盛的叶子从大树上萧萧落下。对于这些饱受战火摧残的城市外来者，沉重的生活压力将他们一日之计在于晨的计划延伸为一生之计在于勤的营生。早晨的阳光往往显得过于灿烂，于他们而言，难免过于热情。

说到阳光，我想起了新加坡热情的海岸。由于疫情航空管制，我在新加坡待了整整十多天，天天在克拉码头的骄阳下吃午饭，看见好些少年老成的白领男子已经开始脱发。后移的发际线从上方增加了他们脸的面积，五官多多少少显得有点拥挤。

个别人因办公室斗争，脸上的线条变得生硬；一些人因顺应女朋友，成了跟班的脸；还有一两个人可能在入职前不堪公开选拔的风浪显得过早沧桑，变成老水手的脸；而当地高企的物价，又令所有人的眼中闪耀着斗士般凌厉的光。

稀疏的头发，让各式各样的脸不停变换，我在新加坡天天看它们，感到一张脸的变化与眼前大海的变化旗鼓相当。

写下这些，是因为我中午吃了黄金瓜。我从吃了一个圆溜溜的黄金瓜联想到稀疏的头发，从稀疏的头发，我进入了一段回忆与发现之旅。我的思想走在那些男人稀疏的头发上，感到没有半点空虚。

　　　　　　　　　　　　　　不忙不慌

6

小巷中的长石板

你到东边来，我往西边去。相遇在小巷，谁也过不去。

我在黄山脚下走过一条穿过流水的小巷，石板路靠在水的左边。右边的水面接三差五地铺上了长石板，让水在石板下流淌，同时方便迎面的路人相互让路。

为了避免谁也过不去，铺路的人想到了走路的人，走路的人又想到了对面的人，间隔的长石板，使小巷中的狭路相逢，成了文质彬彬的相遇礼让。

礼让是一种生活习惯，中国人长于此道。尤其让人印象深刻的，是古代战争中两军对阵相互慰问、互相馈赠；在战场上遇到对方的君王，要先下马，脱盔行礼才能再战。在战事中如此，古代人在生活上的礼让谦和更是常态。

我每次出差到郑州，在高铁上总爱幻想窗外的古代情景。想起那些春秋列国卿大夫以赋诗作为外交讨论的风雅与智慧，孔门学士"浴乎沂，风乎舞雩，咏而归"的理想生活，在觉得作为中国人值得骄傲的同时，又感到自己有些贫乏粗鄙了。

7

我想写写秋天

当白日变短，我眼见着秋天在长大。

秋天，长在突然抻高的天空，在提前到来的夜晚。
在鸟儿南飞的翅膀上，在枯木色的蚂蚱身上，秋天长呀长。
在摩托车前的棉被罩里，在小孩绒衣的小兜里，
在一杯温暖的梨汤中，
秋天长得越来越快，越过了季节之外。

秋天是明澈的，干净的，肃静的，谦卑的。
秋天是一位低着头的女子，温良如玉，温厚光润，
有一种淡然之美。

秋天，在夜里呼出冬天的气息，
一觉醒来，还觉得冷。

　　　　　　　　　　　　　　　　　　不忙不慌

8

旅居的价值

我来到这个陌生的地方，周围没有一个熟悉的人。

没有汉语，没有朋友。我离开了支撑我的一切，甚至白天也在下午三点多钟离我而去。四点过后，此处的冬天开始入夜，四周漆黑一片，长夜漫漫，阴雨绵绵。

我在漆黑的下午看着雨点像透明的小虫从玻璃窗溜下来，滑到下面时它还加紧脚步，还嫌我的孤寂不够，从窗户下的黑色封条处消失，转眼不见踪影。

为了缩短这可怕的漆黑，我只好提早睡觉。

我将希望寄托给自己稳定的入睡能力。我知道逃离黑夜的唯一办法是走进黑夜。只要我闭上眼睛，从漆黑的深渊向下俯冲，便可以沉入睡乡。我不清楚在我入睡之后世界是否依然漆黑，或者睡乡本身到底是不是漆黑一片，我躺在床上告诉自己必须将这些恼人的问题劝退，因为只要思绪有一丝妄动，我逃离黑暗的计划便会全盘告吹。

我感谢自己快速入睡的天赋。拂晓醒来，天空在光明与黑暗之间轻轻张着嘴巴对我微笑，我以为天空居心叵测，想嘲讽我对黑暗的恐惧。直到亮光从它的口中透出，寒鸦在这黎明时分划破长空，我才知道天空并非心存恶意。它只是根据地球制定的冬令时间表，例行公事地笑语盈盈，拉开窗帘。

天亮了没有下雨，我便到博物馆。我到这家博物馆已经不下五六次，我背下了十二位古罗马大帝的姓名，清楚谁是谁的二儿子，谁谋朝篡位，谁杀害了谁。我熟悉博物馆通往埃及厅的每一条通道，通晓那三具木乃伊的年龄与身世：一位法老，一个三岁小男孩，一位在罗马统治埃及期间离世的贵夫人。我从来没有想过木乃伊与自己如此亲近，可以说成了知交。见到他们，内心的温暖之意油然而生。

步出博物馆，我又成了陌路人。我看不懂导航的画面，走了半天才发现自己正往下一个目的地的相反方向前进，直到导航的直线变成曲线，我才意识到自己孤独的足音在无人的长街荡出了回响。

好不容易找到公车站，等了半天，上车忘了车费不能付现金，下车错过了回家的圣·玛格丽特路车站。两个月来，我错过的车站不可胜数，走在路上，感到周围的建筑物都是空空的，世界上只有我自己。凡此种种，令我心怀惴栗。

然而，旅居的真正价值所在，正是忧虑。

从北京的家门出来后，我不用再隐身于家中的那张书桌，不再淹没于过去熟悉的一切，那些因为积习构成的遮幕，那些基于得体做出的言行，那一幕又一幕转换场景的隐身所：不锈钢的电梯、客户的会议桌、三环路上的高楼大厦，全因为这段旅行而销声匿迹。

我用苍白的面容继续上路，庆幸旅行为我拆毁了隐身所。在焦虑与无助中，我两手空空，毫无虚饰，唯有用自身，面对自己。

9

虚妄的希望

邻居有只狗叫得像匹狼。它原来叫的是汪汪的狗声，后来慢慢变成了狼嚎，冬天早上常凄厉地叫，长声地叫，呜呜地叫。

这狗长年被拴在铁门外，黑色，长耳朵，眼尾有点下垂。我从来没有见过狗主人，只遇到过一位保姆来喂食。拴它的绳子太短了。把绳子改长，狗就可以往前一点，离开墙角的阴影，够着院子里冬日早上的太阳，眯起双眼慢慢趴下，将头伏贴地面，让两只垂下来像袜子的耳朵在和煦的阳光下晾晒。

这狗却是被绳子拽着的，无奈只能举目仰天。阳光透过光秃秃的树枝向它展示咫尺之外的光明国度，那是富饶而美好的所在。天天沐浴在阳光下的人们不能理解狗的心思，这狗恨不得大哭一场，但它只能悲鸣。

把绳子改长一些，这狗就可以结束没有阳光的生活，告别没有尽头的阴影，不再像狼呜呜长嚎。它不嚎，世界会回归安静。

世界安静下来，隔壁家的小孩会盖着小被子，小眼皮一颤一颤，在小床上做着一个接一个的甜梦。难得宝宝睡那么香，妈妈正好趁这段时光好好将柜子里的玩具收拾一下。小皮球，小拼图，小橡皮泥，一堆毛绒玩具下压着一个响不起来的音乐盒。

孩子没有哭闹，隔壁的狗又没有怪叫，这不期而至的宁静令妈妈感到有些空虚，想起这音乐盒悦耳的旋律，如果能再响起来就好了。今天晚上要跟孩子的爸爸说一下，看看能不能修好。

爸爸拖着疲惫的身躯下班到家，欣然接受了修理音乐盒的任务。拉开绳子，音乐响起，女儿哈哈地笑起来了。屋子里的每样东西都被笑声照亮了。

桌子、椅子、小板凳被笑声照暖，小盆景叶子上的水珠像钻石一样放光。妈妈天天变着花样做早点、弄晚饭，把丈夫的衬衣熨得笔挺，家里收拾得窗明几净，容颜变得光彩照人。爸爸不再低着头了。下班回家，他脸上笑嘻嘻的，进门就和女儿逗乐，看谁笑得更响，工作的烦恼烟消云散。

我想呀想，仿佛听到隔壁一屋子的笑声，爸爸在大声说话，争着要让这故事延续下去。"哈哈！把一条拴狗绳改长，一切都变好了，把要改的改好，就可以过得更好！"我正陶醉于幻想这一连串的美好，突然，那狗嚎叫了起来，隔壁的夫妻传来熟悉的争吵声。

砰！杯盘被狠狠地摔到地上，我脑海中美好的期盼全被粉碎了。外面阳光明媚，我决定下楼溜达溜达，逃离那些虚妄的希望。

10

点滴

家住北京郊区。作为外地人，我总感到生活在这里有一种距离感。这里跟我熟悉的都会生活不一样，许多地方乱哄哄的。

那天我到医院的注射室，看见里面都是当地原来务农的老乡。她，上完厕所就一屁股坐在我对面，红色的毛衣，金色的耳环，鼓鼓的肚子向上捧着丰满又下垂的乳房，肚子与胸脯打成一片，红红火火，喜气洋洋。劈头就问："你干吗挂瓶？"我说："手腕上长了个瘤子。"

一团红火靠了过来，感觉热乎乎的。"多大？"我右手绑着石膏，左手打着点滴，用左手大拇指与食指稍微比画一下。红毛衣抬起手指也打一个圈比画出一个 ok 的手势，ok 的圈对准好奇而睁大的一只大眼睛："这么大？"紧接着关切地问："疼不疼？"因为伤痛我不想多说，点了点头，她知趣地转向右边的老头儿。

我的手腕隐隐作痛。火红的声音夹杂着老头儿的回话时隐时现，转眼间已经聊得熟稔。老头儿和气地说："老伴儿来一回做三天的饭就走了，回村去了……这年头什么事都难，不能怪她，她不容易。"老人继续说着。这么私密的话题老人如此不经意地道来，生活中的起伏跌宕，在他们眼里都是在自然的状态中发生，云卷云舒，风吹雾散。

注射室里混乱而嘈杂。忽然撞来一句沉闷又粗声兼略带沙哑的喊话，原来是个六十多岁的女人对着斜对面手里拿着 X 光片的陌生老汉在喊："您，这是骨刺吗？""是骨刺得上张镇，我姑妈在张镇贴了一服药，管十年！后来又不管用了，后来又贴了一次，管七年，别的不管用，是真骨刺就真管用……"反复叮咛，唯恐不听。

在村里，户与户离得远，大家习惯了在空旷的田地里大声喊话。村里没有现代人重视的隐私，却有着今天难得的亲切。

一瓶点滴很快打完，我步出医院等车。一同出来的邻座老爷子，一脸坚强的皱纹，红里带紫的皮肤，胡子稀疏而刚硬，打石膏的手上戴着一只超大号毛皮手套。他见我手上打着石膏露在外面，马上要把另一只闲着没用的手套送给我。

踌躇间正好车到了，我连连点头不知所答，匆匆上车。我在精致的文明中生活太久，不知不觉培养了对人设防的冷漠心

　　　　　　　　　　　　　　　　不忙不慌

态。深夜回想老人家给我的大手套，觉得很是愧疚。常常听到有人说"真够农民的"，语带贬义。今天我见的这些农民老乡有着泥土的温润，与天地之善一气相通。我们都从土地中走来，本有自然的气息，丰沛而朴实。

但愿我们不要模糊了本来面目，望我们返璞归真。

11

我的老师洋辣子

我喜欢草木的芳香。我从花花草草中明白：自然有它的法则，它想怎样就怎样。虫子来了，吃掉叶子；风来了，小树苗夭折；你早上刚给花浇了水，下午就来一阵暴雨；接连几天暴雨，花儿会被淹死。

自然不理会你有多么爱惜这些花花草草。自然不施舍、不眷顾、不怜悯。飓风、海啸、火山爆发，与吹在你脸上的风一样，说来就来，想走就走。

那年夏天，我出差到上海很长时间，没有在家照应，回来后整株樱花树长满了洋辣子（一种带有齿状刚毛的小虫）。我不想打药，只好跟阿姨逐片叶子检查，忙活了一整天，总算将樱花树抢救了过来。

一周后我感到身上痒得难受，还长了许多疹子。开始我还有怨愤之情，但一转念，又觉得要感谢洋辣子带我认识生命的存在。

生命的存在，是一件多么庄严而重要的事情；而我，却常常忽略了。我总在忙碌之中，忙着去听许多的道理。比如人们说世界上有各种物质、各种元素，每种元素都要归类，还有功能与限制。最近有些人又说人类本身就是算法，而人类创造的人工智能，很可能会驾驭未来的生命。

一个观点出现，又有另一个说法去攻破它。世界一直被人们以不同的道理描述为不同的世界。我还没来得及将一个道理弄明白，人们又改变了理论，就这样来来去去，常常使我感到世界深奥得与我毫无关系。这些所谓道理，真令人丧气。

我不得不出门走走。街道上寒风中透着泥土湿润的气息，惊蛰已过，估计洋辣子快要来了。我这一辈子都搞不懂 138 亿年前的宇宙大爆炸，但我清楚地知道，花儿马上要开，洋辣子老师快要来了。

12

谢谢你

今晚天空挂起了超级月亮。我抬头一望，不知道是谁打开了这圆圆的窗，从哪儿运来那么多的光。你看，光流出来了，人们都忙着将光贮藏，纷纷拍照。

这光，令我想起那个把电脑还给我的人。

熬了一个晚上做的提案获得了新客户的认可，为了给自己庆功，我一个人去咖啡店放肆地吃了一整块大蛋糕，然后在商场里漫无目的地走着看着，最后到了一家商店随便买了些东西。

生活中有时会遇到这样的情况：拼命工作熬了个通宵，不想却得到意外的好结果。这样的好事不常见。过度欣喜会让人陡然间失去重心，脚底下轻飘飘的。

回家后我倒头便睡。第二天早上想打开电脑，电脑竟然不见了。我拼命回想昨天到过的地方：客户的会议室、咖啡店和商店。我马上打电话给客户，客户说会议室里没看见有电脑。

我赶紧离家进城，一路幻想着电脑的种种厄运。

我以最快的速度跑到咖啡店，恳切地问收银女孩有没有捡到我的电脑，对方用同样诚恳的态度告诉我没有看到。她的真诚，令我的心凉了一大半。电脑不见了，文件没有了，客户的信息被泄露了，许多重要的东西此时显得更为重要。我像掉了魂似的，飘进那家商店，问收银员有没有捡到电脑。

没想到，她居然叫我等一会儿。

一位清癯的戴着金丝眼镜的青年从后门的小库房走出来，和气地问我电脑是什么品牌、什么颜色的。对照之后，这位小店长说昨天他捡到了我的电脑，并且稳妥地保存起来。他说现在我将电脑领回，令他心里的一块石头落了地。

事情只相隔一年，我已经记不起这位店长的长相了。我们遇见过许多善良的人，与天上的超级月亮一样，只会淹没在我们的回忆当中。

过了今天晚上，不会有太多的人想起这月亮曾经那么亮、那么发光，不会想起自己曾激动地连续快拍，想将月亮留下来。时间一长，一切只会朦朦胧胧，像个虚构的故事。

生命中有一些罕见的时刻，一些极为宝贵、难得一见的片段，而隔断这些罕见时刻的往往是我们自己。我太健忘了，忘了有些事情太值得回忆。唯有回忆，可以让我重拾那些值得回味的人与事；也唯有如此，我才能重得善良，不至于忘恩负义。

不忙不慌

13

一桩不期然而然的交通意外

当车撞上了前面的车，我才发觉天色已晚，车已上了高速公路。我住在郊区，走高速是为了从城里回家；对于城里的人，周末走高速，是为了从城里逃离出去。

城市的人们在旋涡里翻滚，被浸泡、揉搓、洗涤、摔打，就像置身一台滚筒洗衣机之中。生活在城市的人经过一个星期的拼命工作，都想逃离。逃离是暂时的缓解，只为准备接受下一轮的翻滚。

我周末进城是为了找朋友聊聊天。没想到朋友有事爽约，白白浪费了整个下午，心中难免有点郁闷。

回家走在高速公路上，没想到前面突然出现急刹车，司机一走神，跟前面的车追了尾。时间好像出现了缝隙，大家掉进了一个没有时间的空间。半晌，对方司机下车，看了一眼自己爱车凹凸不平的车尾，平静地说，没料到会碰上这事儿，要求把车修好就可以。和和气气，连一个凌厉的眼神也没有。我自感理亏于人，只好连声说对不起。

高速公路上的汽车呼啦呼啦嗖嗖地过，柏油路面蒸腾着白天的余热，对方的车尾灯一闪一闪，灯影里飘荡着都市的浮尘，忽明忽灭。我正迷惘着不知道什么时候才能到家，一位穿淡蓝色衬衫的男子不知道从哪儿走过来，告诉大家把车停到最右侧的应急车道。他一个人在路当中拦截车辆，帮助我们将车顺利停靠。

蓝衫客三十来岁，圆脸圆眼睛，是位脸上带着稚气的北方汉子。"车多，大家要靠着栏杆站。先报警。司机要在车牌前照张相，方便保险公司处理。现在打电话给保险公司备案。等交警来处理，注意，要拿好警察开的单子。"他安慰我说，这是极为常见的交通意外，警察处理完就完事了，不用害怕。

双方都跟着他的指示等警察来。过了半天，等来了一位正直老到的老警官。我没遇过到这类事情，也想上前长长见识，待警官开好了单子，我掉过头来，蓝衫客已不见踪影，跟来时一样。

意外是不期然的事，在不期然中遇到蓝衫客，纵使路上有点曲折，也就这样轻轻松松过去了。

14

疑是故人来

我的车从东开往西，你的车正从西驶向东。

在这条公路上，我和你朝着相反的方向前行，一个往东，一个向西，在一秒之内我们靠近，在零点零一秒之间你我擦肩而过。就在这交错的瞬间，车头灯的光束照亮了落下的雨点，两辆车的发动机同时高歌猛进，橡胶轮胎将两边柔弱的雨水溅起，融为一片雾之光。

在公路上每次遇到这样的相遇，我都激动不已。我总幻想你就坐在对面那辆相逢的车子之中。

只要双方朝着相反的方向前进，就有机会遇上，这是我行走在这段公路经年累月悟出的道理，对此我深信不疑。A从东向西走，B从西往东行，就像你和我，生的往死里走，死的往生里去，我们从相反的方向前进，必会再度相逢。

我和所有活着的人一样，正从生走向自然指定的唯一目标，不知疲倦地奔向死亡，而你的脚步竟比我快，率先到达了彼岸，了无牵挂地长眠了。一年了，你应该已从终点站重新出发，用新的生命击败了突如其来的凋零。

每一次迎面而来的光亮都可能是你，亲爱的好朋友，我知道，你还在。

透

我们感到自我强大和重要，恐怕只是虚妄。

其实，世界上有你没你，有我没我，都不重要。

1

---

1 路车

车站的指示牌写得有点含糊，上面写着 117 路，下面写的是 1 路，中间有一行字：只在星期日停此站。

今天是星期四，我要坐的是 1 路车。我想，车不停站的话可以在这车站看人。看人是我的消遣，我喜欢走到哪儿看到哪儿。看够了，坐地铁再转电车也不迟。假如车在此停站，早点回家也不错。

前面有四位穿衬衣西裤的白领走来，每个人都提着一个白色与海军蓝的布袋。袋子里应该是会议发的精美餐食，三四款菜色，配四五款任君选择的冷热饮，一一装在塑料食物盒和保温饮料杯中，附上餐具、消毒湿纸巾以及几张优惠券。

四位白领的衬衣看上去差不多，细节却大有不同。他们一半穿浅蓝，一半着白色。浅蓝分别是带纹理和纯色的，白色的二位领子一大一小。四人中的一位皮带上有 H 字，另一位腰间系的是网状纹理的皮带，余下的两位看不清，按常理推断，绝不会一模一样。

大家都认为相同令人尴尬。除了镜子中那个跟自己长得一模一样的人，人们总期望别人看到自己身上的与众不同之处。正因如此，世界上才有那么多五花八门的首饰和发卡、鞋子与袜子、裙子跟上衣，让人们在人海中鹤立鸡群。

左边道路上停放的车子也不甘示弱：有摩托车、出租车、接送孩子上学的保姆车、紧凑型日系小轿车、纯电动车、混合动力车、德系柴油越野车、七座宽敞豪华轿车、运送床垫的大货车……各有特色，没有两辆同色同款。

我觉得这找不同的游戏挺有趣，于是便接着等车继续看。我看见两边的住宅楼的外墙有白色泛黄的、褐色砌砖的、蓝色斑驳的。建筑物有带阳台的、附中庭花园的、连地面车库的。每户的窗框款式不一，而窗帘也有舞台帐幔式的、办公楼下拉式的，还有格子的、圆点的、各种几何图形的、花卉的。

我在想，早上屋里有人拉开了窗帘，不同的小餐桌上会放着圆形的，四方的，长方形的，夹奶油的，沾椰丝的，带杏仁、核桃、葵花子，面上撒有芝麻的各款面包。

接下来我想到抽屉里的各种琐碎物件，卫生间里不同的梳子，厨房的各种杯子，客厅的圆桌、方桌、折叠桌，电梯连接各个楼层，每道走廊通往千家万户，人们纷纷攘攘，拿着各式各样的物品，从四方八面向我走来。

太多了，怎么办？

不管我们为生活经营了多少不同的花式，大家生活的目标都差不多：没车的买车，没房的买房，有房的换更大的房，有车的换更有品位的车。区别只是对车的品牌的偏好、内饰的选择、公寓大门的颜色和对装修风格的偏爱。

物质上的纷繁变化，只是在表达现代生活乏味的单一性。

无论自助餐提供多少款食物，最后的结果都是相同的：排泄出来的都是污物。没有一个人的排泄物比另一个人的更有个性、更富特色。

2

龙虾

每个人都有一些忌讳的食物。我害怕龙虾。

龙虾的器官一直不可理喻地长错了位置。头上没长脑子却有肾脏，大脑被挤在喉咙，神经系统长在腹部，脚是它们的耳朵，吞下的东西会直接滚到胃中，由胃里的牙齿咀嚼。

龙虾唯一与人类相似的地方是它们也分左撇子和右撇子。这种出其不意的特点，无形中减弱了我觉得它们是巨型昆虫的嫌疑。然而，龙虾还是令我怵惕不宁的龙虾。

我一直不明白长得像蜘蛛和蝗虫的龙虾为什么能成为高级海鲜。据我所知，龙虾本来是穷人的食物，甚至穷人吃龙虾都会引以为耻。在 17 世纪的美国，龙虾是给囚犯和奴隶吃的下等菜，不堪到连犯人都嫌弃，一些保障奴隶权益的契约更列明奴隶主不得为奴隶提供龙虾这种低劣的食物。

设想在 17 世纪的一个晚上，屋里的这家人愁眉苦脸地刚吃完龙虾餐。突然客人造访，主妇急急忙忙收拾餐桌，却来不及清理干净桌面上残余的龙虾甲壳。访客进门看见橙红色的前螯碎壳，眉头一紧，想想自己并没有走错地方，只是没想到这家人穷困潦倒到如此不堪的境地。访客急忙找个借口告辞，匆匆走出老房子，在黑魆魆的长街呼出一口灰雾般的长气，不觉起了一身鸡皮疙瘩，寻思是不是撞上了什么噩运。

吃龙虾是人生的奇耻大辱，这个观念持续到 18 世纪末。到 19 世纪初，人们把龙虾制成猫粮罐头。一罐龙虾猫粮约售 0.11 美元，相比每罐 0.53 美元的黄豆罐头，龙虾真的太丢人。那些不幸的猫只能躲到墙角低着头偷偷吃，怕被老鼠看见，一辈子丢了猫脸，翻不了猫身。

龙虾的转运发生在 19 世纪中期。那时候，美国的铁路开通了，从内陆到海岸线的高级餐车开始供应龙虾。对于那些从来没有到过海边的游客，在高档的餐车包间铺上雪白的桌布，配上高级的白葡萄酒，品尝这奇异又陌生的海洋生物，幻想遥远又浪漫的海湾风情，实在太美妙了。二战期间，龙虾成了美国高级军官的食物，受到高级军官的追捧，越来越多的人开始喜欢吃龙虾。吃的人多了，捕捞龙虾的船只也就越来越多。及后，美国政府决定立法保护野生龙虾。受到保护后，龙虾变得弥足珍贵，渐渐地全世界都公认龙虾是高级食物。

我们认为事物是什么，事物就会变成什么。龙虾是在地球上生活了一亿年以上的古老海洋生物。一亿多年来，龙虾自身没有发生什么变化。

龙虾从一文不值到华丽转身，完全取决于人的感受。人们认为龙虾是低级食物，它就低贱到连犯人都嫌弃；人们觉得龙虾是高级海鲜，它就身价百倍，全世界以吃龙虾为荣。

完美的福楼拜说过："没有真相，只有感知。"小说家的这句话，道出了人类许多滑稽的故事。

3

我是我

身份证是一种令人感到疑惑的东西。

卡片上有一张似曾相识、像个通缉犯似的面孔，一长串数字，再加个智能芯片，莫名其妙地，我便成了我。同年同月同日生的人应该不计其数，到底为什么拿着这种卡片便能证明张三不是李四，李四不是王五？

我的身份证上没有记下我的任何特点，例如我相信人性本恶，我喜欢小鸟，我的后背有一颗痣，我不喜欢榴梿的味道，我害怕往下走窄楼梯，甚至连我喜欢游泳这件大家都知道的事，它竟也完全没有记载。

为什么证明一个人身份的物件没有说明此人为谁？每张身份证都应该附上这个人的些许内幕：最要好的小学同学叫什么？一生最爱哪首歌？感到最荣耀的一刻是什么时候？相信什么？最难忘的风景是怎样的？比较喜欢自己的爸爸还是妈妈？喜欢猫吗？爱狗不爱？会以灵魂交换什么？鞋子尺码是几号？

不忙不慌

最高得过多少分？有什么愿望吗？做过最美的梦是怎样的？如果世界即将灭亡，这一刻打算做什么？

对中国人来说，身份证可以写上偏爱饺子、面条还是米饭。对西方人来讲，可以标明咖啡喜欢放糖还是不放糖。内容可以根据文化历史、山川风貌而设定，个人也可以自己发挥，让身份证更能代表自己。

当身份证变得更有身份，自然足以说服世人，我就是我，我不是一连串的数字。

4

个性的幻象

当毛衣一件件从车间的流水线批量生产出来，人们便无声告别了"慈母手中线，游子身上衣"。告别的是母与子的亲情、人与人的情感纽带。

我不知这样说是否合适，因为我是一名鼓励消费的推手。

只是我禁不住想，穿在我身上的这件毛衣除了物理性地温暖着我的身体，与我有什么关系？我不知道这毛衣是谁做的，做这毛衣的机器及操作机器的人也不认识我。为什么给我这毛衣，而我又为什么穿上它？我与它之间，是如此的冰冷。

记得我买它的时候曾经提出这样的要求：低调的、面料好的、藏青色的。

前两天我参加了帐篷剧场樱井大造老师与戴锦华老师的讲座。以下是樱井老师的发言："西方在发明近代的同时发明了'个人'这个概念。我们作为'个人'的源头最早出现在1890年左右美国服装厂的缝纫车间，当时人们第一次大规模地制造服装。人人都有一个身体，衣服对个人来说，构成了贴服在他身上的环境。今天，我们的身体不是赤裸的，衣服已经成了身体的一部分。当服装被大量生产，人们便可以轻而易举地改变自己身上的环境，产生一种'个性'的幻象。人们会说：'这件衣服是否适合我呢？'"

就这样，我在"个性"的幻象中追逐，以为穿上了这毛衣，我就拥有了低调的个性。自以为精致，却是在粗鲁地掩饰，要遮住那个真实的、欠缺的自己。

5

白兔记

我家阿姨送给我一块糖，看着眼熟。红、白、蓝相间的糖纸上印着一只白兔，明明是我小时候常吃的那种奶糖，包装一模一样，味道似乎也差不多。看了看，又觉得有些不对劲，噢！原来是"大白兔"改名"小白兔"了。

这让我想起金庸讲过的一番话。多年前，金庸在一场演讲中说道，他的武侠小说畅销以后，有一位名叫"全庸"的作家同时出了大名。还有一回他在书摊翻看一部"金庸巨著"，却发现内容不是自己所写。他欲诉诸法律，才知道对方的笔名原来是"金庸巨"。

我感到"金庸巨"的精神今天在深度和广度上获得了新的发展，创意无穷，遍地开花。

"娃哈哈"变成了"娃恰恰"；"康师傅"成了个"康帅傅"；"奥利奥"变了变"粤丽粤"；"士力架"颠倒为"士加力"；"思念"加了一点便是"恩念"；"营养快线"改道成"营养快

线"；"FERRERO"巧克力倒装为"ROFFERO"；"六个核桃"长大为"六大核桃"，更高产繁衍出"六亿核桃"；"红天牛下"远远一看，就只有"红牛"，没了"天下"。

遇到一些你拿它没办法的事情，笑一笑就好了。可笑的是，这些名字荒谬到一定程度后确实让人笑不出来。

6

有轨电车

我坐在电车上。想着想着，想到自己竟然那么轻易便将自己交给了一条黑电线。我让这条线拉着，从这里到达那里，没有多想，便将自己拴在上面，让铁皮箱子载着自己，来来往往，从东到西。

车次总是安排得十分合理，车厢从来不会太过拥挤。车站一个接一个。每一天，每个时段，坚尼地城，北角，筲箕湾，按部就班。没有斜坡，没有岔路，没有急转弯，中途不会易途改辙。

坐电车不堵车。轨道上没有其他车辆，没有谁来打扰它的既定路线。我在车站看见一个疲倦的人，头发花白，面容瘦削，驼背到带有卑躬屈膝的姿态。天气晴朗，他一只手拿着雨伞，另一只手提着盒饭保温包和两个皱巴巴的塑料袋。气温三十多度，他穿着长袖衣服长裤子，橙和灰配色的夹克绣着 7-11 的标志。上了车，他一直在睡。头向前弯着，不顾一切垂到腰间。

车到了总站，只剩我和他。我下了车，他一直没有醒。我站在路边，看见司机跑上楼叫醒了他。

明天，明天，许多个明天，他还是长袖衣服长裤子，带着雨伞和保温包，把自己拴在铁箱子上面，从总站坐电车到7–11。

这家店，二十四小时营业，周而复始。

7

中文极美

我原以为这是桂枝的个人悲伤，今天与朋友聊天，才知道他对此同样难过："老师"成了"老湿"，"决定"变作"觉定"，"强烈"说成"墙裂"，"悲剧"化成"杯具"，"垃圾"成为"辣鸡"，"神经病"转眼变了"深井冰"。

朋友说："我完全不明白为什么要这样说话，不明白为什么大家觉得这样说话有趣。很痛苦，我可能当不了谐星了。"我说："我也不明白人们为什么要这样讲，不明白为什么许多中国人对此还得意扬扬。很难过，我可能不会写字了。"

《经济学人》杂志有一篇关于语言普及的文章，说英语是世界上最通用的语言，其次是西班牙语，这个局面在未来几十年不会有所改变。

英语成为世界通用语言一定有诸多原因，例如殖民统治和它相对简单的语法。我希望在此分享一些个人的经历。我最怕给英国人写邮件，因为英国人很在意你的遣词造句是否规范。

一位中国通的英国朋友跟我讲，中国人写邮件，英语实在太糟糕。他说自己是英国人，不该苛求中国人的英语水平。但他又说，实不瞒你，我也没看出中国人对自己的语言有多尊重。

我认为中国人并非不热爱自己的历史与文化，只是在日常生活中对中文多一分尊重应会更好。

英国有一个叫保护撇号协会（Apostrophe Protection Society）的民间组织，专门针对撇号的误用。会员到处侦察搜索，一旦发现误用撇号的广告、路牌、菜单等，立刻网上公布，使误用者羞愧，以保护英语的正确使用。他们对英语的珍视，皆非官方行为，而是人们利用业余时间的自发行为。业余时间是自己休息和放松的时候，拨出休息时间去做的，一定是自己在乎的事。

中文极美，值得每个中国人在乎。

8

墨镜与眼镜

一个戴眼镜的人和一个不戴眼镜的人有很大不同。人们往往会这样形容一个戴眼镜的人："某某某，那个戴眼镜的。"以至那些没有戴上眼镜的，好像在不经意间失去了拥有一种特征的权利。

世界上只有戴眼镜的人能够即刻转换两个世界。早上起来睁开眼睛世界一片模糊，混沌而浪漫；从床边摸到眼镜随手戴上，整个世界马上变得精确分明，毫厘不爽。

一般人从早到晚戴着眼镜是为了看得更清晰，没有多少人意识到为了这份清晰，不知不觉放弃了世间的朦胧之美，告别了眼前印象派油画般的浪漫景象。

不管是近视还是远视，眼镜能将人们看不清的事物调整过来，起到拨乱反正的作用。人们只需在鼻子上架起一个金属或是塑料的框框，透过两片透明的镜片，原本模糊的影像会变得清晰起来，本来虚幻的光影顿时换为轮廓分明的符号：ABCD、上下左右、面前的微信和账单、身边的路标和告示、一线一点、一横一竖，全部真相毕露，水落石出。

Y君戴眼镜，却跟别人不一样。他戴眼镜不是为了让自己看清世界，而是为了不让别人看见自己眼中的世界。他戴的是一副墨镜。

约会的餐厅自然光线并不强，Y君戴着他的那副墨镜，选择了一处背阳光的位置。他提前了10分钟，坐下来双手把着一杯水，等待约会的女孩。

女孩准时赴约，高高兴兴地坐在他的对面，看着Y君的那副墨镜，满心欢喜。女孩一般都觉得戴墨镜显得酷，Y君也是这样想的。墨镜不但酷，而且从家中面对穿衣镜的练习中，他知道无论自己的目光如何深情款款，镜中的自己都不会流露出任何蛛丝马迹。只要戴上墨镜，镜片的后面一片漆黑，没有人能窥见自己的灵魂，对方和自己都不可能知道墨镜后面的真相。

这墨镜，仿佛是一片肥沃的黑土，他在这里可以埋下一些种子，让内心美滋滋地长出一点什么来，独自收割。

女孩在说话，Y君在墨镜的保护下盯着对方，嘴里含含糊糊，文不对题地应答着。这女孩跟餐厅中其他约会中的女子一样无大区别，一边听一边点头，似懂非懂。两个人谈得投契，但其实都没有在意对方说什么，这可能就是 Y 君所希望得到的，在一片了无边际的废话中心神荡漾。

两个人聊呀聊，一缕阳光打到对面的玻璃上，Y 君警觉地把椅子挪了一下，怕阳光通过玻璃的反射攻破自己的堡垒，他知道自己的双眼不能再躲在这里了，一旦阳光穿破墨镜，对方便会看清他的眸子。在躲避对方的侦察中，Y 君一直坚持着，与女孩持续对话，没想到阳光竟转到他的侧面，刺到他的眼睛。Y 君的心一慌，连忙摘下墨镜，不知所措。

对面的女孩愣了一下。没有戴墨镜的 Y 君就像一个卸下头盔的勇士，没有了必要的工具，束手无策。勇士变成相貌平平的小兵，女孩大失所望，没多看 Y 君一眼，便撂下半杯咖啡借故先走一步了。

上个月我在餐厅看到一个戴墨镜的男子。我想，假如这事纯属偶然，我写下这些必然也是偶然。而如果我们质疑关于我们的一切是偶然的，都是可以改变的，就像一旦戴上眼镜能成为"那个戴眼镜的人"，摘下眼镜后又会变成另一个人，那么我们感到自我强大和重要，恐怕只是虚妄。

其实，世界上有你没你，有我没我，都不重要。

9

8点钟与菊枕诗

    1838年某天早上8点,摄影术的发明者之一路易·达盖尔将铜版涂上碘化银捕捉光影,从窗口拍下了《巴黎寺院街》。为了让街景成功显像,这张照片的曝光时间长达十多分钟。

    对于这张照片,我们找不到更多的资料,只知道在照片展出的翌年,也就是1839年,美国的"电报之父"塞缪尔·莫尔斯在给他兄弟的一封信中谈到了它:

> 巴黎寺院街往来的行人全都不见了,直到我将目光放到照片的左下方,才看见这位正在擦靴子的人。他将一条腿踏在擦鞋箱上,另一条腿立于地面。

    巴黎寺院街上川流不息的行人没有一位在影像中留下身影,唯有这位偶然来到街上擦鞋的男子,在1838年某天早上8点,以伫立的姿态步入了永恒,成为人类历史上第一位进入照片影像的人物。这张载入史册的照片告诉我们：消亡与存在，也许纯属偶然。

这两天我无事乱翻书，读到下面这首诗：

> 少日曾题菊枕诗，蠹编残稿锁蛛丝。
>
> 人间万事消磨尽，只有清香似旧时。

诗人陆游在六十多岁写下这首诗，缅怀他的第一位妻子唐婉。诗中道："在我年轻的时候，妻子给我亲手缝了一个菊花枕，为此我曾赋诗咏之。时光荏苒，当年的诗稿都被虫子咬过，布满了蜘蛛网丝。人世间的一切都消磨殆尽，唯有那菊花的清香依旧如故。"

及后，陆游又写诗谈到这菊花的清香："唤回四十三年梦，灯暗无人说断肠。"这是怎样的一丛菊花，在人世间开了几近千年？南宋年间，诗人陆游与唐婉一起徜徉山水，陶醉秋色之中，蓦地见遍地黄花。

菊花与诗人的相遇是巧合，男子上街擦鞋也是偶然。陆游写诗记下，摄影师拍照曝光，悠悠千载中的一瞬，摆脱了时间，存在于永恒。

10

桥上的交易

　　湾仔海滨的那座人行天桥平常没有太多人走，也不会有太多人走。这座天桥位于市中心路段，桥下是双向多线行车，没有红绿灯。行人要不在桥的这边下车，要不从那边下，没有人会到桥上去办任何事情。这座桥，只是一条行人通道而已。

　　我忘了那天为什么去湾仔，也忘了为什么会走上这座桥。也许我是一个人去附近开会，或是约了后期公司的老板见个面吃午饭。总之，我什么都想不起来，只记得发生在桥上的那段经历。

　　我刚刚走上天桥的楼梯口，眼前的一幕渐渐拉开，像是电影中的长镜头。迎面远远走来一个路人，我不知道为什么我会注意到他，他穿了件泛黄的淡黄色上衣，长相属于看见当时就会忘掉的那种。

　　在人来人往之间，这个不起眼的路人把一包烟盒大小的物件交给了走在我前面的另一个男人。一切发生在二人擦肩而过

透

的瞬间，就像两个滑冰选手完美完成的一个漂亮动作，二人的身体一蹭即分，各奔东西。所有人都在行走中。迎面而来的那个路人看见我正在看他，视而不见，若无其事。

接着第三个男人出现了。他，原是走在我前面，抑或是从后面超过去，我不知道。我的眼睛只看着迎面的那个路人。第三个男人从那路人身边走过，在二人交错之间将一个手提旅行包交给了对方，然后各走各路。动作同样娴熟，踏雪无痕。

完成了第二次交接，那个路人用余光扫我一眼，眼神平淡而镇定，像是在说我知道你目击了一切，同时知道你不会做任何事情。

许多年过去了，有时候我会想起这个路人，想到命运，想到偶然，想起都市的繁华、生活的现实，想到是这旅行包里的东西让他走上了这座天桥。我慢慢地想，看见路上奔走的自己和行人，也都是为了旅行包里的那些金钱。

最后这个路人会是什么样的下落？我猜想他会把钱付清水电煤气电话费，请朋友们喝点小酒，给心爱的女人买些首饰，最后一个人在路边吃腊味煲仔饭。而那包里的钱一张接着一张在世界流转，从一个人的手中交给了另一个人，又从另一人转交下去。

我钱包里的那张 500 港元纸币，会不会就是湾仔天桥上旅行包中的一张？我觉得很有可能。

钱在我们的手中只是过了一下手。从来，我们不知道它自哪里来，将往何处去。

11

遗忘了忘记

我曾见到过这样一位与男友异地恋的女孩。

她把与对方的聊天对话一页一页截屏下来，有海誓山盟的绵绵情话，更有双方的大小误解和分手吵架。女孩将所有记录打印装订，汇集成册，时不时拿出来翻阅，以此为荣。

面对这铁证如山的爱情日志，我只感到那位男友是位不可多得的爱情楷模。到底两个人之间谁说过："我受够了你！""谁离不开谁！""没有你我会过得更好。"这些本来不应该说，更不应该记住的话，随着这位女孩的截屏记录被一一载入史册。

这样的爱情日志令人窒息。我读书看到，二十世纪九十年代的科学家早已说过，科技将会让每个人无时无刻、连绵不断拥有自己的视频记录——一部从生到死的人生日志。

终有一天，我们可以记录一切做过的事、说过的话，甚至脑海中的每个念头都会被记录在案。小时候那个小男孩到底有没有求婚？外婆有没有唱过摇篮曲？风筝是不是哥哥毁的？世界将杜绝一切以讹传讹，依稀与似乎将被历历在目无情驱逐。

　　到时候，往事真的并不如烟。我们将想不起什么是回忆，遗忘了什么是忘记。

12

内存

这是一个伟大的时代。搜索引擎替我们储存了古今中外无穷的知识，我们不用记下那么多东西了。哪怕日常生活中的一切，电子账单和云端储存也为我们代劳了。

不用记忆，我们大脑的内存清空了。

清空了内存，我们的脑瓜儿装下了什么？是装上了微信里的美食晒图，还是女明星的吸睛美腿？记下的是所有豪车的型号，还是"双十一"直播的大优惠？

进化论如果属实，那么人类是从四肢爬行动物进化为直立人的。在进化的过程中，人类解放了原来用于爬行的前肢，双手慢慢演变为出色的工具，让我们可以做出无数复杂的动作，完成任务，更好地生存。

我们的大脑能否像双手一样进化，超越原来的功能？假如大脑的内存装满了垃圾，我们还有空间吗？脑瓜儿里装上什么是一个重要的抉择。选择什么，你就成为什么。

13

爱情故事

当这一男一女走过的时候，草原正借着夏天的到来展示它无穷的生命力。蝴蝶在追逐，野花从石头的缝隙探出头来，小鸟从草丛冲入云霄，然后一直向前飞，仿佛前方的空气是清澈见底的湖水，要痛痛快快一头扎进去。

微风习习，山丘上是花都开了。鸟儿歌声不断，两个人笑语盈盈。

这对男女边走边商量婚事。男的说婚礼要在老家海边的酒店举行，女的说在海边的话需要定做一袭吊带婚纱，海边风大，裙子不能太宽，看中的修身婚纱不仅样式特别面料好，更能显露自己轻盈的体态；自助餐必须摆上龙虾和气泡酒；接送客人的车子应该是同款同色的宝马……两人越聊越兴奋。

令人意乱情迷的每一段爱情都是一个故事。正如我们从小听过的童话一样，故事的开头总是令人兴奋，只是没有人知道接下来的情节会如何发展。

一年后这对男女又来到这儿。鸟儿依旧在草原唱着快乐的歌。它们跟往年一样，一会儿点头，一会儿扑扇，一会儿踱步，一会儿高飞，兴高采烈，没有一刻停下来。

　　男的明显长胖了，走上山坡的时候有点气喘，头上渗着汗珠。走到半路他停了下来坐在石头上休息，双腿微微叉开，不想多走半步，一副既疲乏又安逸的姿态。他向女的抱怨业务难做，应酬太多。女的没接上男人的话，没有对男人的工作状态表示丝毫的理解和安慰。她只是不停地说，你回家晚，你总是回家晚，你总是回家太晚，你总是回家太晚了。男的满头汗珠不知从何而来，顺着眉弓哗哗地流。

　　这一年间，他们结了婚。就像无数人所说的，爱情是一则美丽的故事，只是他们没有意识到，他们之间的爱情是个警察故事。

　　男的外出吃饭，需要现场拍照实时发送。出差回来，行李第一时间接受妻子的嗅觉检查。丈夫睡着了，妻子爬起来将他的微信与短信从头到尾翻看一遍。某次他们聊起一部电影，妻子记不起剧情，坚称这部电影是丈夫与别的女性一起看的。女的不停盘问，男的不断交代，就像警察与犯罪嫌疑人。

　　正如每位优秀的作家都会让故事好好发展下去，在未来的日子，女的必定恪尽职守，严查涉案人的不法行为。无论这段爱情是战争故事、惊悚故事，还是警察与小偷的故事，每个人都会按照自己内心既定的角色写下去。正如世界上所有的作家与读者都不能容忍故事中出现自相矛盾的情节，人人都会按自己内心的想法去编造剧情，自编自导自演。

而在这则警察故事中，有意思的是这个犯罪嫌疑人压根儿不知道自己是个嫌疑人。他感到这段爱情不是警察故事，而是一个园丁的故事。他以为自己在勤勤恳恳用心培育着花园中的一花一木，而对方的盘问是对爱情的照料，各种调查是赋予这个花园最好的滋养。要做优秀的园丁，理解对方用心良苦责无旁贷，自己应该深刻认识，善意接纳。

一段爱情对两个人来说往往是两个迥然不同的故事，我们只会视自己的看法为真相，按照设想的版本续写，直到剧终。

14

负心人

甲：你看够了吧，我真的没有！

乙：你已经把那些微信都删了。上星期三我们还为那人吵过，现在说什么也没用！你太过分了！

甲：星期三？我怎么记得不是。

乙：怎么不是？你出了名记性好，微信删掉了，甜言蜜语都记在心里了。

甲：没有，真的没有。

乙：你同学告诉我，你在幼儿园就有几个小情人。你一直暗中还跟那个人交往，藕断丝连着。最近你经常发呆，我知道，你肯定在想谁。

甲：工作多，没想谁。

乙：一定有。最近你经常出差说参加客户的活动，到底这出差是真还是假？

不忙不慌

于是，甲成了无告之民，孤苦伶仃，被对方撕下了尊严，将其押送到被称为负心岛的地方流放。

恐惧失去，左右着我们看清身边的人和事。

对乙来说，恐惧失去对方，使她编造了一些对方出轨的行迹，而这些编造又成了自己的法宝。她不由自主在全力坐实它，到处去找不成立的证据证明自己正确，自以为是，理直气壮。从莫须有的微信负心人，到对方在幼儿园有几个小情人，许多亲密的关系，都是由于恐惧而造成冤假错案，变成误会和笑话。

寻找事实的真相需要莫大的勇气，因为没有人愿意直面自己错误的假定。何况人们对未见的事物一向怀有执着的迷恋，就如人们相信自己从来没有见过的玉皇大帝真实存在于某个神秘的空间，在庙宇的角落跪下低头跟他说悄悄话，真诚倾诉心底的愿望。

于是，有一天，当乙偷偷到了甲出差的城市，看见活动场地门外的易拉宝，原来对方果不欺我。她内心的感受就像亲眼见到从未见过的玉皇大帝一样。这种对已有观念的推翻，着实令人难以面对。易拉宝虽然证明了活动的真实性，然而，乙不会甘心。她心里想，客户的活动结束后他一定跟谁吃晚饭了，一定是与他为之发呆的那人吃饭，而且吃得很开心；然后，这两个人一起到酒店，结果一定是这样。

为什么人们对假定那么偏执？莫非真相这件事本身过于乏味，落实假定才能让自己安心？

　　　　　　　　　　　　　　　　　　　不忙不慌

15

我的去向谁做主

傍晚，商业中心区长长吁出了一口气，庆幸那些辛勤工作的白领终于下班了。那些没完没了的会议、出人头地的欲望、尔虞我诈的神情，随着夜幕的降临渐渐隐去。

人们在城市中轻快地走着，一个男子步出办公楼，正不徐不疾往地铁站走。他边走边想：

> 好不容易熬过这漫长的一天，要不多走几站当健身，放松放松；不知道老友下班了没有，不妨叫他出来喝杯啤酒；旧同事今天开生日派对，吃完一起 K 歌应该很不错；要不联系一下那位女生，喝杯什么都好；其实，我还可以立马直奔机场，逃离这个城市，结束眼前的一切，永不回头。
>
> 我有绝对的自由。一切由我决定，我喜欢怎样就怎样。可是，现在我决定不做上面提到的任何一件事，我要用上

我个人的自由意志，我的事情我做主。赶紧坐上地铁，回家陪老婆吃饭。

哲学家叔本华告诉我们，这就类似水对自己说："我可以掀起巨浪，我可以冲下丘陵，我可以喷涌而下，激情冲上半空，我蒸发，我消失。可是，现在我决定不做以上任何一件事，而依旧是门前镜湖水，保持宁静澄明。"

我们到底可以决定什么？我们的意志、我们的选择是否由我们主宰？我们自以为经自己决定的一切是否只是一个接着一个自欺欺人的笑话？水没有意识到要蒸发便需要高温，要成为巨浪便需要飓风的降临，要冲上半空更要安上喷水池的装置。只记得自己曾经做过的一些事，便自以为现在就能做到，最后，仅能将自己保留为镜湖水归功于自己的抉择。

不管我们下班后要去哪儿，或是心里想着要成为那静谧的镜湖水，我们是否拥有自由意志，能否真的做到"我的去向我做主"？

16

西西弗斯与王先生

早上的飞机比较准点。十点钟王先生将和 PPT 一起降落深圳；十一点十五分电梯在九层开门，右转十五步，到达 C 会议室；十一点半会议开始。别人花两小时演示的提案，对王先生来说，最多一个半小时就完毕。

王先生认为多说几十分钟，除了耽误吃午饭，不会有任何实质性结果。会议的结论依旧与上次差不多，意见部分统一，新的看法又至。王先生清楚，少说几句是明智的做法。

项目没有实质性进展。然而，飞行是必须的。合约列明业务总监每周必须飞深圳一次，加强与客户的交流。从拟订合同到现在，王先生已飞了四个多月，没有一次提案通过，没有任何方案出街，而最吊诡的是，合同至今还没有签订。

飞机七点多从上海浦东起飞，王先生差不多六点左右到机场，四点便已起床。他手里拿着登机牌，清楚记得数月前刚开始早上飞深圳时，感觉好像把世界踩在脚下，拥有了一切。每星期飞行，忙着开会，成功人士不就应该这样吗？

事业定要成功，工作必须做好，至于合同是否签下来，真的无关紧要。签下这个客户，公司还会要求王先生增加业绩；合同签不下来，会要求他多拿下两个客户。无论如何，帮公司不断增长业务是王先生每周坐飞机、每天敲键盘、每顿吃盒饭的理由。他的工资，他的日子，以至他的存在，都与"业绩增长"挂钩。

马上就要登机。王先生在队伍中，从前面男人的后背看到了一片浩渺的虚空。现在飞走，下午便飞回来，下星期准点继续飞，像希腊神话中的西西弗斯一样，被判要将大石推上陡峭的高山，每当快到山顶，石头便滚回山脚，又不得不重新开始，来来回回，直到永远。

王先生一次又一次地飞行，西西弗斯永无歇息地推石，在这个毫无意义的世界做着重复的无用功，几近荒谬。

王先生当天下了飞机，回家看完网剧，躺在床上还在琢磨应该用什么更好的办法尽快签下合同，只要签好便大功告成。

日子不就是这样吗？拼尽全力，克服困难，签完一单又一单。

17

美丽新世界

朋友将两张合影发给了我，我看着自己的样子有点太光滑，一脸的柔光，像个假人浮在照片上。

我自己长得不漂亮，用任何美图应用，恐怕也增不了少许美感，只会平添更多尴尬。无奈在现实生活中，我们身边都是一些漂漂亮亮的人。

早上打开电脑，扑面而来的是几位女明星，屏幕上写着：刘嘉玲与章子怡的皮肤真好。旁边的马伊琍穿着黑裙，香肩性感惹眼。走在路上，迎面的户外大广告牌上，一位穿着白裙子的飘逸女孩提醒我要去拉皮和隆鼻，美容整形医院就在前方不远。

步进电梯，完美无瑕的脸庞呼啦呼啦涌现在眼前，面对这些经过大面积修图、平滑如镜的脸蛋儿，谁不会自惭和受挫。天天看着这些无瑕的脸蛋儿，开始时我们会惊艳，慢慢便变成熟悉，熟悉后便看惯，习惯成了自然，最后是再自然不过了。

既然身边的人那么美，自己当然要美起来。手机的拍照功能，自带美图；微信上的头像照片，是个人对自己的幻想。手机一点，我们就这样摧毁了本真的自我，掉进了人人皆美的美丽新世界。

　　　　　　　　　　　　　　　　　不忙不慌

解

你有你要紧的事情，莫管那些无关紧要。

碌碌晨昏，悠悠古今，人生恨短，莫蹉跎。

1

风中的答案

1962 年，21 岁的鲍勃·迪伦写下了《答案在风中飘》（*Blowing in the Wind*）。这是一首简朴又真诚的歌，典型的民谣节奏 4/4 拍，听两遍就能轻轻松松跟着哼唱。

当年有人问鲍勃·迪伦这首歌到底想表达什么，这位诗人歌手是这样回答的：

> 答案就在风中飘荡。世界上有许多人说答案在某个地方，我不相信。我认为答案就在风中，谜底像一张飘扬在空中的纸，它早晚会落下来。只是落下来的纸没人理会，所以没有多少人知道答案。随后，它只好又随风而去了。

年轻的诗人歌手花言巧语一番，并没有给出答案。他把所有的提问全写在稿纸上，诗稿谱成了歌，歌声随风飘荡，凡在空气中听到这首歌的人，都会被他邀请，在风中寻找答案。

　　　　　　　　　　　　　　　　　　　　　不忙不慌

1961 年到 1973 年美国参与越南战争，有些美国老百姓说，越战已经打进了美国每个家庭的客厅，其影响之大，可想而知。鲍勃·迪伦是在 1962 年写这首歌的，以下的中文歌词，是根据当年的时代背景而翻译。

　　战场上的男儿还要征战多久，才可称为堂堂男子汉？和平的鸽子需要飞越几重大海，才能在沙滩歇息？人们还要发射多少炮火，才能换取和平？答案在风中飘，我的朋友，答案在风中飘。

　　威赫的霸权能维持多久才会沉没海底？受压迫的人们要忍受多长时间才可恢复自由？一个人需要目睹多少苦难才会视而不见、麻木不仁？答案在风中飘，我的朋友，答案在风中飘。

　　被禁锢的人们需要多少次举目仰望才能重见天日？人们还需要多长几只耳朵，才能听到苦难的哀鸣？到底需要牺牲多少性命，才能唤起对生命的尊重？

这首旋律清扬的歌，带着好些沉重的问题，在考问着我：此刻阳光普照之处，有多少人还在痛苦与磨难之中？我是否视而不见、漠不关心？

　　六十多年过去，不知道答案是不是如诗人所说，已经写好了落在地上，只是不知道被谁捡起，又将答案收了起来。于是，问题依旧在风中飘，等待你我去思索。

2

事情做完就算了，去睡吧

一位写文案的网友告诉我他被裁了，原因是得罪了不该得罪的人。对他来说，这完全是意料之外，像是一记浪头猛拍在脸上，计划全被打翻，心里自责、懊悔，对生活、对工作失去了热情。

"无法挽回的事情就像泼出去的水，过去的就让它过去吧。"这是《麦克白》剧中的对白。表面上看，莎士比亚写的这句话是在说做人不应悔不当初，就像今天流行的金句：后悔，是成功的一大障碍。人生必须向前望，而不应往后看。

莎士比亚永远意在言外，他借麦克白夫人告诉我们的，绝不是后悔箴言。在《麦克白》续后的两章，夫人上场补了一句："事情做完就算了。去睡吧，去睡吧，去睡吧。"然后，她就陷于精神失常的梦游症，夜夜在睡梦中走动，不停擦手，却怎么也洗不掉手上那股杀人的血腥，最终自杀。

麦克白夫人的悲惨下场是基于她永不言悔。在该后悔的时

解

候，夫人不仅不悔过，还不断教唆丈夫作恶。莎士比亚怜香惜玉，不无体贴地说："连阿拉伯的香料都不能叫这只小手变得芳香。"作家告诉我们：拒绝后悔会带来更多后悔的事。

伟大的作家宛若星辰，以不灭的光辉普照着漫漫长夜。他们总会带领读者来到另一个奇妙的时空，与之促膝长谈，就像莎士比亚在四百年后的那个晚上，双目炯炯有神地对我说："你知道吗？人生需要后悔。"

当我们感叹如果能够回到从前，假如可以从头再来，倘若我们当初这样说、过去那样做，眼下就是不一样的结果的时候，我们仿佛忘掉，正是失误，成全了我们遗憾的人生。

假使我们对那些懊悔的事情萦系于怀，那就让我们难过与惋惜吧。那些令我们心生悔恨的事情，往往会为我们开启另一段意想不到的经历，引领我们走上新的路径。

3

新语文运动

女：不好意思，刚才老板找我。

女：我今晚加班。

男：可怜的娃娃。

女：所以你就原谅我吧，你现在可是我的精神寄托。

男：不是身体的寄托就行。

女：哈。这么远……好邪恶啊，哈哈。

男：近也别寄托。

女：身体真的不能寄托在你这里，一寄可就别想取出来了。

作家毕飞宇说这是中国的第二种语言，是具有时代性和全民性的一种新语言。他在写《推拿》的时候就注意到推拿中心客人手机上的对话：

解

"干吗呢？"

"躺着呢，捏脚呢。真想和你躺在一起，敢不敢啊？"

"我有什么不敢的？只怕是我一去你就软了吧？呵呵。"

"你来了我当然要软。"

我是抱着审美的眼光来看待这些对话的，我想看看这些腔调与句式有什么特别之处，是否可以借用，作为一种戏仿。我在网上学习了一个小时，结论是：浮浪不分男女，调情不论生熟。

在我们的日常用语之外，这种腔调与句式已经成为一股暗流，到处涌动。从大城市到小村镇，由酒店大堂到公共厕所，从董事长办公室到洗头房，从小巷到广场，从床边到桌上。

毕飞宇说得好，这是人欲横流的、风光无限的手机书面语。这种交流让人们放弃了真挚，而选择了半真又半假；同时让我们的语言变得滑调油腔，使我们变得粗鄙，粗鄙地享受手机的意淫。

人与人是不会这样说话的。也许我应该更正为，到目前为止，中国人与中国人见面的时候是不会这样说话的。这中间是因为手机作为媒体，让双方隔空获得凭借。有了凭借，人们便可以即时赤裸，反应龌龊，肆无忌惮地暧昧，不顾一切。

我并非在捍卫道德，我只是想说，调情应该可以来得高级一点。

4

小公务员和一块饼干

我中学同学的弟弟因为儿时姑姑多次不把饼干给他而给了两个姐姐，成为一个经常叹气的人。长大成人后，他几十年如一日，总是爱无缘无故地叹气。

这件真实的事情，我也是几十年如一日地挥之不去，时不时会想起这位叹气的小弟，觉得难过。为什么我们会这样，对负面的事物如此放不下？

提案通过，我们会高兴整个下午。第二天早上，客户否定另一张稿子的半句话，让昨天的喜悦马上荡然无存，整个人顿时变得消沉不已，甚至周末都被这样一件微不足道的小事的阴影所笼罩。

一百道题，我们往往只会想自己答错了三十道，而不会想已经答对的那七十道；一道菜太咸，我们很少再想到满桌的其他菜肴都很可口；因听了天气预报出门没带雨伞，淋了一个落汤鸡，便怨声不断，而忘了那么多年这样的事情只发生过几次而已。

　　　　　　　　　　　　　不忙不慌

我们感觉别人的眼神带有鄙视，或做了一个不善意的手势，这些感觉极有可能导致负面的后果：几十年的交情毁于一旦，陌生的路人发生口角乃至伤人，更有严重者，无端付出生命的代价。

就像契诃夫的《小公务员之死》里的小公务员伊凡因为一个喷嚏而死。这位小公务员看戏的时候打了一个喷嚏，飞沫喷到一位将军的脖子上，他张皇失措，三番五次神经兮兮地上门道歉，负面情绪愈演愈烈，最终被自己臆想的恐惧吓死。吊诡的是，将军在戏院早已接受了小公务员的道歉，把这件小事忘得一干二净。

我们总喜欢将负面的、阴暗的一面放大至无穷。小公务员的枉死和小弟的叹气如出一辙。弟弟求之不得的饼干、小公务员心中的喷嚏就像我们执着的负面事物，像魔咒一样附着在我们的心中。

为什么人会这样？盘算四周的负面因素，放大危机，是不是先民避过猛兽袭击和眼前深渊的必要技能？负面思维会不会是人类生存下来、繁衍下去的积极因素？负面会不会有它积极的一面？如果是这样，杞人必须忧天，杯弓易生蛇影，我们只要警惕荒野的狮子，而不必沉醉骀荡的东风。

解

5

长桌合照

不上班有诸般好处，其中之一是不用接长不短地参加同事的欢送会，更值得欣慰的是，终于可以告别长桌合照。

长桌欢送会的画面构成像名画《最后的晚餐》。无论长桌上的食客有十三位还是十五位，大家吃过聊过，所有人向着镜头，一、二、三，头往一边看，镜头前面的人头明显比较大，后面的人脸随着景深渐渐缩小，直到透视的消失点。

消失的既是空间透视点，也是物像在时间中的流逝。几小时后，长桌合照来不及泛黄，便已成为历史，消失在邈远的信息宇宙中。一旦按下快门，照片迅即浮现一种怀旧的情绪，仿佛生下来便是位耄耋的老人。照片在怀念聚会中的笑容与欢声、说过的段子和是非，甚至长桌上的杯盘狼藉，都带有往事不堪回首的无奈与感伤。

长桌合照隔了一天去看便有一种凭吊感。更准确的描述是，照片中的人物基本上是在自我凭吊。我对不吉利的事情比较忌讳，更何况我不想参加最后的晚餐，对长桌合照自然感到抗拒。

照片的功用是将时空凝固。我却不愿用这种切片的、凝固的图像替代脑海中的记忆。别离是情感，离愁别绪如涓涓细流，我抗拒照片截断情感的流淌，扼杀回忆模糊的诗意。

对于别离，有什么比"此情可待成追忆，只是当时已惘然"更值得铭记？

解

6

我没意见

我越来越明白一个道理，所谓"生活"，其实只是意见。

我打开京东，看到人们对《秒赞》的意见为：快递比较完整，没有任何破损；纸张厚实，印刷质量"灰"常不错；这么水的书太糟糕，不敢恭维；老公非常喜欢，看了有感触。还有一位读者说，趁优惠囤了很多书，买了就舒服。

生活是意见。我们对一本书、一顿饭、一只狗、一句话，对身边的一切人与事提出意见。我们提出意见后，人们又对我们的意见指出自己的意见。当人们把自己对意见的意见分享给别人，别人又会对这些意见衍生出另一番意见。

意见越提越多，事情越滚越大，缠绕不清。日复一日，我们在意见中度过。

今天早上起来，外面天色阴霾，我便对自己提出"今天是个鬼天气"的意见。这意见论及天气，却与天气无关。天气依然故我，不会因为我的意见而转变。我们的意见改变不了事物的本质，犹如我们改变不了天要放晴还是要下雨。

意见与事物毫无关系。

面对意见，唯一的出路是改变自己对意见的反应：不随便对事物提出负面意见；不对别人的意见妄加无谓的意见；别人的意见使你感到难受，请告诉对方；对方坚持自己的意见，请任其自然。假如自己的意见让自己感到不快，请修改；改不了，请放下。

意见是表象，一旦提出，旋即消失。宇宙是流变，万物在改变。我们唯一可以做的，是做流水中那只纹丝不动的手，在激流中敏锐观察，接受一切的变化，明白在生之前和死之后是时间的无限深渊，一切如流水般消逝，不舍昼夜。

既然我轻若微尘，转瞬即逝，我的意见，又何足挂齿。

7

要紧和不紧要

他们说要加你微信，说声"不可以"。他们说一起去派对，想一想派对跟你对不对，再说去不去。

他们说想跟你瞎聊聊，告诉他们你不是不喜欢他们，只是有些东西对你更要紧。比如那阵风，那棵树，刚刚在路上追逐的那两个人，还有你手上的那本好书。

他们喜欢拿出猫猫和狗狗，假如说不出"好可爱哟"，就回应一句"真是好"。他们要转给你看热搜与新闻，输入"一场闹剧"，用这万能答案，便能概括家事以及天下事。

放下手机，离开你的座位，出去走走，看看路边的大树。人，就像树上的一片叶子，不知道什么时候会忽然掉下来。你有你要紧的事情，莫管那些无关紧要。

碌碌晨昏，悠悠古今，人生恨短，莫蹉跎。

8

做更少的事

古希腊哲学家德谟克利特说：如果你想快乐，那就少做一点事情。

我静下来想想，深感自己所想以及所做的事情大部分是不必要的。而我的苦恼，往往源于做的事情太多，花了太多时间忙于琐事。

我在学习做很少的事，只做必要的事。看必要看的资料，提必要建议的方案，回应必要回应的人。换言之，不必要的资讯不用看，无必要的建议无须提出，不必回应的人就当回避。

把这个道理应用于生活，无往不利。说必要说的话，见必要见的人，思考必要思考的事情。

做更少的事情，能让自己的思路井然有序，用放松的心态集中做好眼前的工作。而最重要的是，每天都有片刻的闲暇，退居到自我心灵的疆域，跟自己好好对话。

哲学家尼采说过："一个人最终只能收获自己的自传。"时间有限，是时候告别"不必要"。

解

9

选择什么，你就是什么

最近拍广告片，制作公司提供了下列数量的服装供我们选择：女孩服装十一套、妈妈服装六套、爸爸服装五套，还有数不清的鞋、袜子和发饰。

我从来不会提供那么多选择给客户。于是，我问参与项目的这位一流造型师为什么提供这么多。"你不知道，上次有位客户同意了服装的色调，可是做好后全部推翻，一切要重新再来。现在的客户就这样，总是要多。"

我感到这不只是工作问题，还关乎一个人的生活态度。一个人选择要对方提供很多选项，原因可能是：

> 否定为他带来满足感。有些人感到屹立众山之巅，居高临下，否定得越多，会带来更大的满足感。哪怕否定演员的五双拖鞋，也属权力的彰显。我们必须尊重他的选择，接受他选择以否定别人来建立自己的满足感。

他要以海量的事物来填满虚空的人生。想象他在深宵夜半拿着手机在挑男演员的眼镜、女演员的发型，看罢后刷视频号、朋友圈、小红书、购物单，然后回头又盯着演员的眼镜、发型和拖鞋度过漫漫长夜。假使海量的选择能慰藉一个孤寂的人，我们必须帮助他。

　　他有一颗热爱工作的心。他认为自己具备慧眼识珠的禀赋，能从众多的方案中选出最理想的那一个，背后是一颗热情的心，我们要感谢他对工作的热忱。更何况相信他人的能力不是件容易的事。除非你和对方曾经共事；即使过往一起工作过，也会忧心马有失蹄。他不认识你，怎会相信你有能力将事情做好呢？

　　他有一个严厉的上级。为了保住自己的饭碗，他必须在上级面前有所表现，提出自己的意见。有些意见无伤大雅。无伤大雅的意见是不用背负任何责任的意见。拍广告片对服装提意见无关大局，意见提出了，饭碗保住了。这是生存之道。对方需要这份工作养家糊口、交房租、买土豆，大家都是资本运作的世界中的一颗螺丝钉，相互体谅就好。

　　他习惯取之不尽，用之不竭。由于手机不离手，他的

解

生活全部以线上模式进行：一切源源不断，扑面而来。对于一个天天网购、习惯海量选择的人，我们能责备他吗？全人类不是选择了买买买、多多多吗？你我又怎能归罪于他。

他不知道自己需要什么。大部分人什么都要，很少人会认真想想自己真正需要的是什么。不清楚自己需要什么，便会选择宁多勿少。

假如广告片是在说一个怀旧的故事，需要的就是怀旧的服装。至于服装是否好看，请信任与你一起工作的人。信任的前提是了解，了解的前提是认识。认识包括清楚对方的水平、明白客观的限制、在合理的范围提出合理的要求。

你选择什么，你就是什么。请想清楚你要选择什么。

10

请你不要记住我的坏处，谢谢你待我的好处

人们看见这样的标题，可能以为是明星分手的声明，或认为是君子绝交，不出恶言。

这是一百多年前的俄国小说里的情节。一名租客向房东辞别时，对房东的女儿说了这样一番话："请您不要记住我的坏处，谢谢您待我的种种好处。"

房客与房东住在同一屋檐下，房东对房客的生活能揣摩出一些轮廓，而房客对房东一家也有一定的了解。然而，双方的情感永远保持着一定的距离。双方观察着对方的生活，而不会介入，在适当的时候提供帮助，悠闲地喝着露酒相互交流。那个年代的俄国布尔乔亚，内心矜持而含蓄，彬彬有礼。

临行时房客知道以后不会再相见，便以这句话感谢对方的照拂与爱护，委婉道来，温文尔雅。

房东与房客应是交易关系。他们在道别时没有用金钱与利益做打量，事事没有盘算得明白，估量得清楚。二者的关系不

解

是建立在人欲与私心上，而是以信任与尊重作为纽带。

聚精会神争取利益最大化，事事算计着经济利益，人很容易变成一盘账目、一部机器。而凭直觉随感而应，是与自然相协调，比用数字算计更有意思。

什么是美好的生活？美好的生活是不计较的生活，听从直觉，不算账。

11

亲吻菠萝包

某些地方在某些时间，会产生某些神奇的作用。凡是在适当时间出现的人，分心的会变得专心，遗忘的将会想起。

下午三点到四点半的祥兴咖啡室，食客都是四十岁开外的男女。祥兴是位于香港跑马地的一家茶餐厅，装潢保留着几十年前的老模样：红蓝格子的花砖地，实木隔板的四人座。桌面压着厚玻璃，玻璃与桌面之间夹着几枚跟象棋一般大小的圆形塑料小垫子。这些小圆垫今天已经不多见。没人需要便没人售卖，没人售卖便意味着没人生产。就像今天人们已经不需要诗，所以世界不再有职业诗人。小垫子像诗人一样，将从世界慢慢销声匿迹，最终成为记忆。

而记忆，只可以提供有关过去的线索，对逝去的时光不能如实地全面保存。

下午三点过后，总有一帮人来到祥兴寻觅点儿什么。客人单身的占过半，余下的分别是跟两三位女伴同来的妇女，四五

解

个穿工程制服的男人，偶尔会有一两对老夫妻。四十多岁的人，本来烦心的事情就多：单身的感到落寞，已婚的觉得厌烦，失婚的未免彷徨。

无论个人状况怎样，任何人只要在下午这个钟点来到祥兴，找到个空位置坐下，都会情不自禁，用双眼热情"亲吻"玻璃柜里刚刚出炉的菠萝包，就像大家在小时候，会用目光偷偷抚摸自己喜欢的人。

菠萝包，这种陪伴香港人成长的圆形甜面包，唤起了每位客人身上过去的真相。这真相并非存在于菠萝包之中，而是在客人的身上。只有通过人们的感观，食客毕恭毕敬地用刀叉将夹着黄油的菠萝包切开，双手将面包送到自己的眼前，全神贯注以嘴唇触碰到温润柔软的面团，才有可能想起从自己身上白白丢失的一种珍贵的品性。

这品性是儿时的天真。天真是天赐的、自然的、朴实的，是每个人生下来就拥有的美好本性。长大成人后，不知道何年何月，天真便一言不发，蓦然离我们而去，待回头，它已不知去向，杳无踪影。

为了能再次见到天真，下午三点多，我常去祥兴。及后我发觉，菠萝包只能让我想起儿时拥有的天真，却不能让我重拾业已丢失的本真。

　　天真，存在于我的智力范围以外，吃下多少个菠萝包也无济于事。

12

保洁工

早晨我上医院看病，见到走廊的长椅上有位老人在打瞌睡。保洁工见这位病人家属正合眼休息，便绕开了老人的座椅，清洁完其他地方，轻轻推着保洁车，安安静静地离开，正好我坐在对角的椅子上。

这位尊贵的医院保洁工明白：疲倦的老人此刻需要休息。椅子下面的尘土可待下午打扫，老人比地面重要，职责要让位给人道。

每位在岗人员都有他的职责。医院楼道保洁工的工作内容如下：负责责任区楼道的地面、椅子、扶手、角落的清扫保洁；制止责任区楼道内乱堆、乱放、乱贴行为；清运责任区的生活垃圾；负责责任区内空置房间的监管，发现问题要及时汇报。

看来，根据岗位职责，保洁工只为积尘、死角、废物与蜘蛛网而存在，他的眼中应该只有尘土和污垢。他的工作与地面、扶手、椅子等没有生命的物品相关，工作内容没有一项关系楼道上的人。病人以及在长椅上等候消息的病人家属，全与保洁工无关。在禁止别人乱放、乱贴中他将获得威权，如果人们不听劝阻，他可以找上级解决。

因此，当病人的老家属在过道上合眼打瞌睡时，保洁工应依惯例，用手中的拖把扫除一切尘垢。那位坐在长椅上的老家属，双脚将被无情一击，在半梦半醒中身子打个愣，回到家里躺下后，说不定又要进医院。这一回，是自己要去看医生了。

13

卓玛和桂枝

就像眼前的这朵云，我们原来都没有名字。纵使有了名字，也必然与人相重。犹如我眼前有许多的卓玛，中国农村有数不清的桂枝。

其实叫什么名字都不甚重要。青藏高原没有桂树，藏语里我的名字根本发不出音，藏族人的名字我也听不懂。语言、词语，到底是否具备唯一的定义，只能代表指定的对象？眼前的这位卓玛有别于另一个村的卓玛，作为人的桂枝并非中药方子上的桂枝。

既然名字不可以被定义，在遥远的高原与一群没有名字的人在一起，应是件自然又本真的事。我从一群藏族妇女身边走过，她们朝我招手，把半张毡子让出来，叫我趴下。我趴下来与她们一起背负青天，俯看绿草，大家交换了一个笑容。

趴着趴着，我就跟着她们换了换姿势，一块儿坐起来。假如命运允许我随心所欲地生活，我愿意整天躺在眼前这片广袤无垠的高原上。

我的名字叫什么，你叫什么；我做过什么，你的工作是什么。名字与身份这些平素令人感到重要的东西，在白云飘过的长空，连忘记都不值一提。

生命与生命相遇，以至你我相交相知，不需要名字，何况其他。

14

鹿从他身边跑过

爱情与小说如出一辙，是一种创造。

一旦身处爱情之中，我们就会虚构出一个举世无双的人，对方的种种优点，大部分源自我们的臆想。

爱情的幻想，让每个在恋爱中的人暂时成为小说家，看到别人无法看到的东西，心中美好的镜像只可意会不可言传。于是，当看到与对方名字雷同的拼音缩写，热恋中的人心头会为之一振。一个女孩爱上了一个名叫小明的人，"小明"这两个字就显得英伟不凡，甚至带有神圣之感。女孩眼中的小明，绝非别人看到的那一个。

一天晚上我读契诃夫的《第六病室》，结尾写道安德烈·叶菲梅奇·拉京奄奄一息：

> 一群鹿，体态优雅，特别漂亮，他昨天在书里读过的那种，从他身旁跑过；然后一个农妇向她伸出手来，手里

不忙不慌

有一封挂号信……米哈伊尔·阿韦良内奇说了什么。接着一切都消散了，安德烈·叶菲梅奇·拉京永远失去了意识。

　　我感到世界上只有契诃夫能看到安德烈·叶菲梅奇·拉京弥留之际身边有群体态优雅的鹿，并用简洁的语言平静地说出"鹿从他身旁跑过"。这群鹿亦幻亦真，像梦境一样浮现在小说之中。唯有写作者能看见这幻象，而这种能力，即为爱情赋予人的想象力。

　　爱情的迷人之处，是它能让我们像出色的小说家一样，变得独具慧眼，从对方的身上看见他人看不见的事物，勾勒出有别于对方的另一个人。

　　没有人不爱自己创造的东西。正因如此，爱情的烦恼虽尽人皆知，其魅力却千古不衰，令人赞叹不已。

15

—————

不要与外星人对话

有网友留言询问情感问题，现解答之。

亲爱的网友：

由于事业关系，你和女友异地生活已一年有余，随着时间流逝，二人的关系渐行渐远。你一方面感到她理解不了大城市五光十色的生活，你开始嫌她土气、品位低、没见过世面，认为大家没有共同语言；另一方面你又珍惜这段初恋，不想轻易放弃，心情十分纠结，常常独自对着夜空长叹。

古往今来，不管我们身处世界任何地方，只要在深邃的夜空下仰望星辰，都会感到无比孤独。星空下，一切与自己亲密的关系都会显得疏离。

人，孑然一身，无所依倚。

你说希望在开封的她看见星星，更期望她看星星之时会想念身在广州的你。不知道你有没有注意到：千百年来，天上的星星一直用沉默回应人们，满天的繁星从天上俯视着你和我，对人们短暂的生命从来漠不关心。

这个残酷的事实，会引领我们从更远的角度看待身边的事物。不管你在广州，她在开封，还是她在新西兰，你在奥地利，你和她身处同一个地方，我们都生活在无限宇宙中的一个小小银河系里。

银河系有2000亿颗星星，其中一颗年轻的恒星叫太阳。太阳带着八大行星，一个是我们居住其中的地球。天文学家告诉我们宇宙中可能存在100 000 000 000 000 000 000个类似地球的小行星。你觉得女友老土，倒不如想想星空中会不会有更高智慧的高等生命体值得与你交朋友。

理论物理学家加来道雄这样描述人类与高智能生命的存在："林中有一座蚂蚁山，蚂蚁山边上正在建一条十车道的高速公路，蚂蚁会明白十车道的高速公路是什么吗？蚂蚁会知道建造公路的物种的意图吗？"

如果宇宙存在更高能量的文明，高智能生命体眼里的人类，就是寓言中的蚂蚁。人类不会教蚂蚁建高速公路，没必要与蚂蚁沟通，因为人类会觉得这样做完全没有意义。

解

蚂蚁山与高速公路的比喻不仅能让人类明白自身"微不足道的短暂存在",更在提醒我们,在浩瀚的宇宙中,人类需要更谦卑地认识自己。

霍金曾警告人类不要与外星人对话,很有可能,霍金担心的是人类高攀不起。

16

时间之箭

对于时间，我有许多问题。

为什么我可以记得过去，而没法回忆将来？为什么出生的时候是个婴儿，离世之时我便老去？为什么小时候的暑假漫长得像一个世纪，长大后一年过得比一年快？

昨夜无事乱翻书，看到一位哲学家这样说：假如你是个一岁的婴儿，一年是你百分之百的人生；当你两岁，一年等于你的半生；三岁，一年便是你三分之一的人生。

假如我们在度过每一刻的时候能把自己过去的时光算进去，时间会呈现出不一样的状态。

当你到了三十岁，一年只等同你 3.33% 的人生；四十岁，一年占你 2.5% 的人生。假如你高寿到一百岁，一年只是你百分之一的人生。

换句话说，假如你今年三十岁，你过的这一年等于你一岁时的十二天；四十岁，你过的一年是你一岁时的九天。年头越

解

增加，日子便越短，每添一年时日更短，两者的关系此消彼长。

也许我们真的没办法理解时间，然而，当我们感到一年过得比一年快的时候，便意味着死亡与我们越来越靠近。也许，只有在步入永恒的一刻，时间之谜才终于有可能被破解。然而，知道谜底也是枉然的，犹如比赛的结果对一个提前退场的运动员毫无意义。

不忙不慌

17

选择与自由

朋友送给我的零食吃光了，于是我便上淘宝看看。

我数了数，原来天猫超市提供的零食共有 11570 种：饼干 2371 种，进口饼干 480 种，糕点蛋黄派 1223 种，进口糕点 102 种，巧克力 734 种，进口巧克力 224 种，糖果 594 种，进口糖果 102 种。

数量太多，令人不知如何是好。

40 多年前美国进入物质丰盛期，提倡更多的选择带来更大的自由，更大的自由将赋予人们终极的幸福。"更多选择，更多欢笑"是一家国外连锁快餐店的经典广告语。更多选择当真会令人更快乐吗？

眼前有更多选择，会不会意味着我们需要花更多时间和精力去各方评估，进行筛选？花掉越多时间选择，期望值便越大；期望值越大，得到后的满足感与期望值会出现更大的落差。在商品点评中，我们经常会听到用户抱怨"没有预期的好"。

解

没有预期的好，是选择过多的后遗症。

更何况从多如牛毛的选项中挑出心头所爱，我们便要放弃无数的选择。那些选择，必定各有千秋，有的价格低，有的颜色好，还有一些评价相当高。只买其中一双鞋，便要放弃其他备选的鞋。

很多时候，人一旦得到一件东西，这东西就会变得不那么好了。

哈佛大学两名脑神经科学学者曾进行有关选择的实验，根据大脑造影显示：当人们对水准相当的产品做出选择时，不但不会幸福，烦恼还会随之增加。过多的选择，会令人焦虑。

选择不一定是自由，更有可能是束缚。

法国哲学家布里丹曾推论：一头完全理性的驴处于两堆等量等质的干草中间，可能会挨饿，因为这头驴不能对该吃哪一堆干草做出理性的决定，结果只能饿死。

于是，我只好请朋友再送一些零食来。

18

不够好

从小我就希望自己好，做个好孩子、好女子。长大后又幻想自己遗世独立，独树一帜。

只是当生活从虚构变为现实的时候，我又每每哀伤，感到自己与好无缘。作为一名广告从业者，我是一个拿"好"说事的人。在工作中，广告有意无意总在暗示人们：你活得不够"好"，你有权"拥有更好"，你必须厌倦已有，追求更多，应该"好上加好"。

广告所塑造的"好"，让无辜者无助，让无助者生怨，再从怨恨中勾起欲望前行。广告说：好女子要脸蛋好，身材好，秀发随风飘动，眼睛不能太大，也不可太小，鼻子不应太扁，也不该太高，皮肤吹弹可破，马甲线要完美无可挑剔。

我的美国好友曾说，你去问一百个美国女性，人生最大的理想是什么，她们只有一个答案：减肥。明明好端端的人，开始厌恶自己，从自己身上找瑕疵。

"太胖了！""我的头发不够好。""我的鼻子没有别人的高，我的眼睛是单眼皮而且太小。""我的皮肤太黑了！""我脸上的皱纹简直糟透了！"

"不够好"将无数女性推进了自惭形秽的深渊，用金钱与时间消费自己臆造的缺欠，热情悲壮地涂改自己、漂白自己、切削自己，为填补自己虚构的残缺而奋不顾身。

这样做到底是为了自己，还是为了你设想的别人眼中的你？感到自己不足，自然会觉得别人认为你不堪。怎样看是别人的事，关键是自己如何看待自己。

世界上没有人可以决定你的存在价值，唯有你。

19

一个人的事

有些事情是一个人的事，比如做梦；还有一些事情，没必要公之于世，例如感冒发烧。

把一个人的事变成公共事件是社交媒体的本领，所以一个人将感冒戴口罩的自拍照片上传网络，霎时间会围上大半圈的看客。看客看完发烧，手指又溜去看坐车：看一个人坐上了车，又有一个人坐不上车，一个人上错车，另外一个人却下错了车，接着往下，还有一个人在等车。

全世界无数人把个人事件放在社交媒体上，于是世界平添了数不清的事。

例如洗澡本来是一个人的事，我在《滚石》杂志看到的一个网红却说："我会将我的洗澡水一杯杯装起来，献给每个口干的人，每杯只售30美元。"她一个人在说，看的人有许多，转眼就卖光了500杯。

我正看这个网红卖洗澡水，还没有看完，屏幕就按捺不住

解

出现了那个要细细品尝洗澡水的男生，另一个框框跳出一个买家说要将这些洗澡的脏水分作若干份，其中一份打算做芝士通心粉。

我没有接着看下去。我感到如果我关注这些人，就不能注意真正值得我关注的自我，以及身边的事物了。这些无聊的事将会干扰我应该做的事：我的心里有没有难解的郁结？周围有没有什么人需要我的关心与帮助？

注意力是人类最稀缺的资源之一。你的注意力在哪里，你的现实就在哪里。

20

有态度

奢侈品广告的模特儿常常表现出不屑一顾的神情。

他们假装蔑视一切，以求一逞，潜台词只不过想抬高自己，赢得世人的仰望。其实，头脑稍微清醒的人绝不会仰望此种毫无根由的不屑一顾；而仰望他们的人，大抵是一时半会儿找不到稍高一点目标的人。

更有意思的是，这种假装蔑视的神情被人们称为"有态度"。

"有态度"可以说是过去人们所说的摆架子。没有的佯作自己拥有、不懂却假装深沉、在生活中提出各种极致的要求、认为东西没有品位看不上眼，这些都是爱摆架子的人喜欢做的事，也是有态度的人常见的态度。

吃饭穿衣需要态度，有态度就是有品位，有品位了别人会对自己刮目相看。"有态度"像传染病一样扩散着。

我甚至听人说过："读书要读出态度来。"本人较笨，不明白读书如何能读出态度来。读书是自己的事，拿起一本书便可以读，不知道什么时候需要态度来表现。除非想让别人知道你在读书，那态度便必须假装认真起来。

　　看来，缺的真不是态度。

随

我给星期三做份美味的三明治。吃完之后星期三说:

"上下两片面包,上面是未来,下面是过去,

夹着的是现在,最丰盛的是此时此刻的自己。"

1

厨房多少事，得失寸心知

我把大葱外皮剥下，像为一位老人脱下衣袖，
露出的是一根嫩白的"手臂"。

杧果放了一星期，长了老人斑，大斑套着小斑，
糖化出水冒汗珠，闷在角落讨厌着自己。

前两天红枣告诉我："活着，先要死去。
我在阳光下死去，在菜篮里活过来；死去活来，命该如此。"

火龙果从中美洲抵达广西，到了我家倒头便睡。
梦中他回到故乡，躺在自己的原株仙人掌中。
一觉惊醒，莫名其妙又炸起来。

西葫芦来自北美洲南部，却像是俄罗斯大妈，

　　　　　　　　　　　不忙不慌

年轻时不知怎样，上了年纪没了腰。

黄瓜出自黄瓜花，开花无瓜叫"晃花"，开花结瓜有黄瓜。
"晃花"被人说虚妄，结瓜自己找负担。不如别开花。

2

我终于失去了你

无数丢失的东西，恐怕已经掉进了隐秘的地方，连丢失本身也不见了。失去的东西大半都已被忘却，所以也不觉得可惜。只是脑海里偶尔会泛起一些记忆，不知道它们怎么样了。

旧外套上那颗掉落的布纽扣，到底流转到了世间的哪个角落？写了好几年的自动铅笔，会不会受到命运的驱策，在遗失的角落自顾自写了起来？那只孤零零的右手套提醒我早已不见的那只左手套，还有令人费解的谜一般的U盘……

遍寻不获的U盘明明是丢了，重购一枚，它又倏然归来，现身桌上。丢了钱包，找寻半天本已绝望，半天后却在一个翻过多少遍的包里与它重逢，很是惊喜了一下。

愈是焦急，愈是找不到；愈是找不到，又愈是焦急。在焦急的寻找中，丢失之物却在时空的别处徘徊徜徉，随兴而游，尽兴而返。

然而，有些失去却成为更久的别离，从此没有再见面了。

小时候那个戴着眼镜的蓝黄色布娃娃，初中刺绣的帆船图案书包，那位与我骤然永诀的好朋友，离开了几十年再没有回来的爸爸。

他们到底去了哪儿？是留在了多重平行宇宙，还是去了那个隐秘的山谷？那个叫"失物幽谷"的地方，传说世界上所有丢失的物件都会来到这里。

"失物幽谷"有成千上万的小发夹，堆成山的回旋针、毛笔、钢笔、签字笔，数不清的帽子、脖套与头巾，五颜六色的纸条，各不成套的左手套和右手套，铜钱、银币和纸币，钱包、钥匙、钥匙链、布娃娃、泥娃娃、面娃娃……你珍爱的一切，你丢失的一切，都在这里觅得一席之地。

据说有人曾来过"失物幽谷"，找到了自己遗失多年的心爱之物，无奈取之不走。不是取之不走，而是一切失去的将永驻失去的所在，一旦失去，永不复返。

3

床单

窗的右边是窗，右面的右面又是窗。

窗外，有人在阳台晒被褥衣裳。

风来了，那床单高兴呀！

在阳光下从一扇窗，荡出了另一扇窗。

什么是自由？

自由是不用沾上人们的

老死皮、碎指甲、上白下黑的脏头发；

不再承受男男女女的欺压；

告别大人带翻的茶水、脓包血液、恶臭体味，

还有小孩的尿。

床单被人怒目而视，狠狠拉着一角，

整幅抽出，摔到角落，丢到一旁。

不忙不慌

床单啊！真是个有修养的家伙。

一生受尽羞辱，也只是眼睁睁，躺在床上。

随

4

黄金虾

厨房是一个具有四维空间的地方，这第四维是时间。

她一直认为厨房的空间不应以平方米计算。因为从一个碗架到灶头，对一个女人来说并不是半米不到的距离，而是她为家人走过的数十年光景；热水壶到微波炉之间只有巴掌那么宽，却隐隐浮现着一幕又一幕她从 7 点到 8 点给对方做早点的时光切片。

连放在小案板上的一个柠檬，都带有时间的维度。而时间这第四维，最善于改变事物的性质。

她曾经天天给对方做柠檬蜂蜜，于是柠檬便因为过去的那段时光改变了它酸溜溜的本性，变得柔情蜜意。被切成片的柠檬在金属勺子与玻璃之间碰撞，叮叮当当、清脆明快的声音用眼睛便能听到。

假如没有时间，我们的双眼只能用来看。有了时间这神秘莫测的东西，眼睛可以抚触物件、听取声音、闻到各种各样的气味。只要我们偶然碰见了那些与我们人生相关联的时光容器，不仅眼睛，我们所有的感官都会冲破桎梏，发挥超越自身的作用，不顾一切地将过去的、可能永远消失的东西召唤回来，就像我们儿时曾用眼睛触摸过一个软绵绵的蛋糕，一个男人也曾用别离的眼神轻轻抚摸那女人的脸。

真实，也许只存在于回忆之中。

她看见柠檬在玻璃杯中不断旋转，达到了一种忘我的状态。经过日复一日温水的浸润、与蜂蜜的交融，柠檬不再单薄而尖锐，而是委婉又温和。每次看到柠檬，她的脑海里便会浮想一种抒情的、甜蜜的感觉。这不是因为那些无知的人说女人的心里只有爱情，而是时间确实改变了事物的本质。打开冰箱，会看见她把柠檬与甜点归为一组挨着放；做饭的时候如果要放柠檬，她便下意识感到这道菜不用放糖；柠檬是甜的，迷迷糊糊间她又会不由自主地舀一勺蜂蜜加进菜肴。

她拿起柠檬蜂蜜喝了一口，准备开始做饭。今天是星期六，星期六要做点好吃的，而且要早点吃。吃过晚饭，要留出时间看他们约好要看的卡通片。

中午她在电话里跟对方说好了要做黄金虾。在黄金虾这道菜中，藏着她遗忘的过去。她想起吃黄金虾不是因为那天是周末，吃黄金虾是因为娃娃菜。

有一天她在电话里听出对方遇到了棘手的工作，只低声说了一句："你想吃什么？"对方说："娃娃菜。"她说："吃娃娃菜要有黄金虾。"对方回应说："好。"

于是，饭桌上从此立下了一条不成文的规定：左边有娃娃菜或黄金虾，右边一定有黄金虾或娃娃菜。

前几天，一位旧同事送来了几棵在自家小院种的娃娃菜。于是，她在厨房里出神地看着水珠在娃娃菜的叶梗之间滚来滚去，仿佛见到时间在时空的夹缝中闪闪发光。打开咸蛋壳儿，没想到里面是个干了的蛋黄，咸蛋虽然被盐腌得硬硬朗朗，可是这个干巴巴的咸蛋黄却有点不够火候，还没有到出油的时候。

要做好这道黄金虾，蛋黄必须出油。她想，我要等这蛋黄多长时间呢？这道黄金虾没有做出来，是因为这道时间的难题不可能一时半会儿找到答案。

至于对方后来有没有来电话，或者在通话中说了什么，她却怎么也想不起来了。

5

这条小路永远在闪闪发光

遇见某个人是机会，喜欢上某个人是在一段时间，这两个时间点往往不同。我们爱上一个人，会感到一切超越时间，坚信爱情是来自某个神秘的瞬间，而这个人，注定要成为自己所爱之人。

谁知道如果那个机会没有降临，假如双方没有遇见，两个人会不会在其他地方有着别的欢愉，而在事后，又会觉得这一切全属天意，不可逆转？

她在想，倘若那天对方没有遇到自己，他会在哪里？她在幻想的国度里做了无数的猜想，走遍了天涯海角。

她从他喜欢光顾的咖啡馆走到他经常去的电影院，从他过去的办公楼又赶到他下班回家的地铁站，在站台上看着一班又一班的列车经过，都没有看见他。

她忽然想起，她不可能在这个时候在另一空间看见对方。因为此刻他与她在真实的世界中相遇，两个人正面对面坐在朋

随

友聚会的饭桌上。

在想象的时空中没有见到对方使她感到失望。她并非希望与他再度遇见，只是希望在思想的远行中看见另一种可能。这种种可能，常被她的好奇心召唤到眼前，然后她会以柔情和想象，创造出曲折的情节，在一片又一片像薄膜一样的、扑朔迷离的时空中行走。

同样扑朔迷离的是他们走过的一段小路。

她确信这条路是真实的。她清楚地记得只要她一边走，一边用手轻轻挽着他的手臂，对方便满心欢喜。她认识他很长时间了，从来没有见过他如此欢欣雀跃，像个孩子一样。那时正值深秋，他们喜欢到这里漫步街头。

这转眼消逝的秋天，短暂得几乎让人无法挤进时间里身临其中。金黄色的叶子，几个晚上便掉光了，只有树上吊着的那两片叶子，系着夏天曾经到来的证明。

两个人踩在小路的枯叶上，昏黄的街灯成了太阳，将落叶照得金黄。他们没有多说话，脚步声被沙沙作响的树叶声掩盖着。她把手放在他的口袋里，跟他说："以前听过一首诗这样写：春风吹竹剪，细雨打荷钱。"这沙沙之声便成了剪刀的声音。

她回想起，原来是当时说的这句话，让街灯变成了夕阳。

太阳用光与影将树枝剪成乌黑的剪影，沙沙沙沙，夜色显得更为深沉。昏黄的灯影将地上的落叶剪成不同的区块。有的带有小路建筑物外围铁丝网投下的纹理，成为无数个欢快的小格子。而金黄的落叶更为原来令人气馁的黑暗带来了充实饱满的内容，将惨淡无光的世界打扮得光彩夺目。

对方后来跟她说过："我总觉得这条小路永远在闪闪发光。"

只要他们想起，这虚无之光才是真实之物，确切得让人无法否定。除非他们不再回忆，这小路上的光立下了志向，永不暗淡消亡。

6

混沌

我越来越觉得一个人往往不只是一个人。

在外人看来斩钉截铁的我，同时存在着一个犹豫不决的我。工作练就了我的果断，而果断却令我心感不安。过去我在公司上班，每天要做数不清的决定：这套方案是否可以，此人是否应该升职，产品的定位对不对，这句文案还有没有更好的表述……如是，另一个混沌的我渐渐地隐遁。

混沌的我就像今日窗外的景象。天从来没有亮过；到了晚上，天又没有黑。这种不明不暗的日子，不会勾起一个疑问，不打算给你一个答案。就像现在，秋风徐来，蝉儿还在高歌，既是初秋的夏夜，又是夏末的早秋，含含混混。

庄子的《应帝王》中写道：南海的帝王名叫倏，北海的帝王名叫忽，中央的帝王叫混沌。倏与忽常常相会于混沌之处，混沌待他们很好。

倏和忽商量报答混沌的美意，说："人都有七窍，用来看、听、饮食、呼吸，唯独混沌没有，我们试着替他凿开。"

他们一天凿一窍，到了第七天，混沌就死了。

混沌就让它混沌，没有必要耳聪目明，什么都一清二楚。

7

比光更快的黑暗

谁说世界上最快的是光？光没有黑快。光还没有到来，黑暗已在那里静静等待。

车停在露天停车场的一角，走将过去，眼前一片漆黑。看来，黑暗在这里已经蹲了很久。黑暗每一次都提前赴约，毫不例外地走在光明之先，盘踞停车场的每个角落。如果没有车开来，黑暗打算占领整个夜晚。我打开车灯，踩下油门，黑暗只提供给人们起码的信息：白色的单双线，严格的黄色线，还有那个红色的禁行标志。

黑暗掩盖了回家路上所有的细节，树木不见了叶子，建筑成了一幢幢黑影，所有垃圾桶不翼而飞。黑夜吞噬着一切，它一边咀嚼着垃圾桶，一边向四面八方扩张，宣告它是夜的主人。

路上的车身变成了黑盒子。车里人的表情、动作，以至里面是否有个人，也不怎么清楚了。好不容易迎面驶来一辆车，我以为有了光明的希望，闪烁的灯光却一晃而过，连影子也抓不着。

转过这黑暗，环路上堵车了。车连着车，光接着光，像条发光的巨龙，默默在公路上匍匐着。光，终于光明磊落地战胜了黑暗。闪耀的光龙越来越长，急躁的人们只想着向前开到漫无目的之目的地。冷不防一声车鸣，喇叭声此起彼伏，惊醒了拥堵的车龙。

车龙拉长了，光也松散了，车跑起来了。

车跑起来，黑暗又蹲在前面，等待光的到来。

8

两个和六个

我以为对面坐的是你，你以为对面坐的是我，想不到这里有六个人。

"当两个人面对面时，事实上有六个人存在。"这是美国心理学家、哲学家威廉·詹姆斯告诉我们的。

这六个人分别是：你自己眼中的你，他自己眼中的他，他眼中的你，你眼中的他，本来的你，本来的他。

当你自己眼中的你遇见他眼中的你：也许互相对了眼，也许相互走了眼。爱情、亲情、友情、事业、仕途，无数故事都因上述二人的相遇而展开。古装版如诸葛亮遇见马谡，两人眼中皆看到马谡具领兵之才，可惜二人所见并非其实，非将帅之才的那个马谡终无大用，结果是蜀国痛失街亭，诸葛亮挥泪斩马谡。又如《金瓶梅》中潘金莲眼中淫荡的自己遇见西门庆眼中淫荡的潘金莲，淫荡在二人眼中完美统一，双方如鱼得水，皆大欢喜。

当本来的你遇见你自己眼中的你：自己，往往是自己最难对付的家伙。当我遇见那个偏激狭隘的自己，想回避又躲不掉时，心里真是难堪又难过。

当本来的你遇见本来的他：人性总有幽暗的角落，当两个人负面的本性相向，双方宜以拆炸弹的方式解决纷争。矛盾太棘手，请勿触碰。首先，将现场人群疏散，将炸弹以最快的速度往炸弹桶里丢，二人尽快逃离现场。事后，当视炸弹不曾存在。

人世间许多故事的因由与结局，皆从这六个人而来，其中有我的故事，也必然有你的故事。

随

9

星期天的星巴克

那些沿着二环三环，沿着城市的理想，沿着拥挤与期望，沿着九点上班做完为止的人，用整整五天的奋斗与挣扎，在星期天的星巴克换来了一杯拿铁咖啡。

就像千百年来在天地间游走的牧民，城市的上班族不停到达，不断出发：从一张床移到一张办公桌，由一道斑马线步上一段人行路，将鞋子的方向掉转，归家的路又变成上班的征途。

到了星期天，办公室关门了。北漂的白领男在这天地之间四顾茫茫。星期一到星期五每天工作十二小时，星期六加班七八个小时，星期天休息不上班，倒觉得不习惯。

不停工作让人们遗忘了自我的存在。人被长时间淹没在文件里密密麻麻的数字当中，失去了知觉。到休息日睡个懒觉，起床后在卫生间照照镜子，看见那个久违的自己，不免感到突兀和莫名其妙的陌生。上班令人忘了自我的存在，休息日又接受不了自我站在自己的跟前。

白领男没有想到这是自我存在的危机。他实在不知道该如何对付这种说不清的感受，只好寻找熟悉的感觉，背着下了班用来再上班的双肩包，迷迷糊糊走进星巴克。

咖啡机发出"哧"的一下，然后"嚓"的一声长叹，完成了一杯拿铁。白领男拿着他的咖啡，找了一个角落坐了下来，说不出的怅然若失。

乏味的工作让他在这个城市谋生赚钱，生存下来。工作报表上的数字错落有致地填满单调的日子。连每个小数点都一点一点地支撑着他，支撑着他郑重地与芸芸众生一起前行，沿着三环二环，沿着新奇的建筑，莫名地惆怅，在星期天，一个人走进了星巴克。

10

谁疯了

我在网上看到一位精神科医生描述他的几位病人。

女病人甲：时时念念有词，神秘兮兮说道："你知道吗？我正在飞。"

男病人乙：看上去端端正正，说自己经常跟皇帝吃满汉全席，宫中雕梁画栋、金碧辉煌，宫女太监在旁侍候，文武百官觥筹交错，前两天还有冰镇荔枝为饭后甜点。

男病人丙：他一直觉得受人监控，一次在路上觉得被特务追捕，千钧一发之际，说时迟那时快，从人行天桥一跃而下，结果大脑出血，开颅后从此一片头皮寸草不生。

男病人丁：他总将所有能立住的东西，比如碗、罐子、杯子、桌子和凳子，全倒过来。他说："这个世界已经反了。如果不这么做，我必须倒立站着，可是那样又太难，只好做点力所能及的，把凡是能倒过来的都倒过来。"

我读着读着，幻想这家精神病院是一栋雄伟的花岗岩建筑，里面是一道又一道看不见尽头的拱门，上面是穹苍般的圆形屋顶，里面装满了病人脑海中奇异的想象。

　　高墙之外夜深人静，我一个人徘徊在精神病院的门外，思考着自己和里面的病人究竟有什么区别。

　　他们在白天清醒时的幻象不就是我在夜里梦境中无数回的奔逃与飞翔吗？我在梦中不也一次又一次出席尊贵的场合，喝罢一杯又一杯。想到这些，我能说自己与他们不同吗？我还以为他们是疯子，值得怜悯，然而，他们的清醒不就是我的梦境吗？

　　我甚至连在梦中也不敢将一只杯子倒过来，像病人丁那么果敢，公然把凡是能倒过来的全倒过来，对抗这个颠倒的世界。

　　到底谁疯了？

随

11

按理说

儿子：爸爸，为什么老照片全是黑白的，以前没有彩色的吗？

爸爸：有的，以前有彩色照片，只是过去的世界是黑白的。

儿子：真的吗？

爸爸：那当然。大概到了1930年，世界才从黑白变成彩色，当时的颜色还带有一些粗糙的颗粒。

儿子：这挺奇怪的。

爸爸：现实往往比虚构令人诧异。

儿子：假如以前的世界是黑白的，为什么那些年代久远的画家画出的油画是彩色的呢？为什么他们会这样画？

爸爸：许多艺术家是疯子，画家更不用说了。

儿子：如果当时世界是黑白的，那么制造出的油画颜料只能是黑白灰，画家怎么能用黑白灰颜料画出彩色的油画呢?

爸爸:你说的都对。他们呀,是把油画颜色从黑白变成彩色了。

儿子:假如是这样,那些黑白老照片为什么不能变成彩色呢?

爸爸:我们刚才不是说过,以前有彩色照片,只是过去的世界是黑白的,所以那些老照片是黑白世界的彩色照片。傻孩子!

我感到这位爸爸脑子好像缺了点什么东西。我不知道什么是理性思考。记得福尔摩斯说过:"罪行时时发生,理性常常缺失。"

在一宗盗马案中,福尔摩斯和警官曾有以下的对话。福尔摩斯说:"那天晚上,马厩的狗做了一件很奇怪的事。"警官说:"那只狗什么也没做。"福尔摩斯说:"奇怪的就是它什么也没做。"狗对陌生人叫,案发当晚狗没有叫,所以,神探总结出盗马的不是陌生人。

我好像终于懂了些什么:湖里是淡水,鲨鱼是海鱼,所以湖里没有鲨鱼;男人不会怀孕,张先生是个男人,所以张先生不会怀孕；土豆有皮，窦先生有皮，所以窦先生是土豆；企鹅是黑白的，有些老电视节目是黑白的，所以有些企鹅是老电视节目。

柏拉图说："人是没有羽毛、两脚直立的动物。"一天，酒桶哲学家第欧根尼提了一只拔了毛的鸡闯进柏拉图的课堂，指着鸡对同学们说："这就是你们的老师，柏拉图先生。"

12

恐惊班上人

波兰诗人辛波斯卡有一首叫《对统计学的贡献》的小诗，
写的是我们身边形形色色的人。我们不妨聚焦办公室，对公司
做一轮普查。

一百人当中，

有点事情做便大声嚷嚷者

——九人；

混饭吃者

——二十二人；

将公司文具带回家者

——七十六人；

活在上级的持续恐惧中者

——三十八人；

尽心尽力为老板传话者

随

——六人；

没脱离未成年状态者

——九人；

控制欲过盛者

——二人；

开会犯困至眼睛出水者

——六人；

在睿智与愚昧中摆荡的管理者

——三人；

出卖自己身体健康，卖艺又卖身者

——七十五人；

礼物源源不断者

——五人；

晚上赖在公司，家庭不和睦者

——八人；

勇于承担责任者

——九人；

向公司报销家庭支出者

——一人；

向关系户输送利益者

——三人；

积极参与会议，发问无关宏旨者

——二十一人；

像海鸥，飞到一个地方就方便一下接着飞的出差者

——三人；

把方便让给自己者

——二十二人；

把困难留给别人者

——人数等同；

不想上班者

——九十一人；

不能不上班者

——一百人。

拟维斯拉瓦·辛波斯卡诗作《对统计学的贡献》而写。

13

柏拉图式的爱情

不美的不一定丑，犹如不好的不一定坏，世界上存在着一些介乎两者之间的事物，爱神是其中之一。不是凡人不是仙，爱神是个精灵。

世人虽然知道爱神，却不了解爱的真谛，对这位精灵有太多的误解。许多人以为爱情只是男男女女，双方有着亲密的关系。古希腊的哲学家了解爱，他们知道爱情不止于此，真正的爱，是基于智慧与美德的交流。

古希腊时期是一个以男性为中心的年代。当时的哲学家认为，男性之间的爱更能体现爱神的高贵品质：男子除了拥有肉体的生育能力，还具备心灵的生育能力。人以身体繁衍后代期望不朽，而诗人、文学家、哲学家通过心灵孕育美德和智慧，让精神长存。

人的肉身会腐朽，唯有灵魂与精神永存。

哲学家柏拉图的老师苏格拉底外表丑陋，却得到无数美少男的爱慕。美男子阿尔西比亚德将军想用自己的身体换取他的智慧，苏格拉底说对方是以"烂铜换金子"。在哲学家的眼中，外表与财富全是烂铜，绝不能置换黄金般闪耀的美德与思想。

苏格拉底相信终极的爱源自深刻理解终极之美。终极的美并非出于耳目感官，而是源于人对智慧和德行的不懈追求。他在《会饮篇》中说道：人生的价值，在于凝视美本身。真正的美与金钱、服饰、青年的爱慕处于完全不同的层次；人只有孕育出美德，才能目见真正的美。追求美德之美是人生的终极目标；相爱之人唯有以此为目标，爱方可永生不灭。

智慧的火光超越身体的交合，思想与品格胜过外在的所有。当双方给予与接受的是思想与品德，这样的爱才是"柏拉图式的爱情"，是爱神赋予人间的真正的爱。

14

剪影

眼前的这张照片是剪影。

剪影是减法。它能将事物从某事物中除去，让我们只见轮廓，不见其他。

照片中一位戴着牛仔帽的男子在黄昏的霞光中起舞。剪影中他举起右手，左手下垂，肩膀往右侧扭转，头轻轻侧着向下看，跳得陶醉忘情。

黑色的影子，使我们看不见他的头发颜色，不知道他是亚洲人还是非洲人，皮肤是白还是黑。剪影抹掉了衣服的色彩与样式，没有人能推断这位舞者是来自发达的第一世界国家，还是来自发展中的第三世界国家。

假如看见他的肤色，我们很容易会想到第一世界国家是白色的，白色的是先进的；第三世界国家是黑色的，黑色应该是穷酸的。戴着牛仔帽的白色牛仔来自电影中广袤辽阔的美国西部，这位舞者会不会是腰缠万贯的农庄主？一个黑肤色的男人头戴宽边帽子，说不定他只是在农庄干活的老帮工。

剪影，大刀阔斧地将白与黑的肤色、先进和穷酸的假定抹掉了，只留下一大片黑影勾勒出男子动人的舞姿。

假如世界全是剪影，皮肤便不再有颜色之分了。白色世界中那些肤黑的人，不用被白人戴着有色眼镜歧视，甚至无端遭枪杀；而皮肤黑色的人，也不用穷年累月地义愤填膺，成群结队上街高呼"黑人的命也是命"。

看不见那些不必要的颜色，便不会有歧视，不再有偏见；眼前只有舞者动人的舞姿，看着看着，不禁想要与他共舞。

随

15

我不明白为什么星期天是红色的

我希望星期天不是红色的。明明是个让人歇息的日子，没必要面红耳赤，紧张兮兮。

于是我这样想：星期天从挂历上跑了下来，换了一身白衣裳，我对星期天说："真好！你终于如白云般闲散自在，重拾本色。"

我希望星期一更受欢迎。明明是一周的好开始，没必要令人厌烦，不招人待见。

于是我这样想：将星期一与星期二并在一起，正式命名为"星期一加二"。从此，人们不再抱怨时间不够用，因为这一天有四十八小时。

我希望星期三不再发愁，夹在一星期中间，觉得自己什么都不是。

于是我这样想：我给星期三做份美味的三明治。吃完之后星期三说："上下两片面包，上面是未来，下面是过去，夹着的是现在，最丰盛的是此时此刻的自己。"

我希望星期四不再失落，觉着自己白白活着，拖长了每个星期。

于是我这样想：一天，星期四跑去见星期五，星期五说，如果自己好好把握昨天，周末便不用加班，不会那么狼狈。于是，星期四便找到了自己存在的意义。

我希望星期五不骄傲。因为人们没有想清楚，总夸星期五好。

于是我这样想：星期五只是平凡的一天，还有四十分钟到午饭时间，五小时后才下班，离休假还有十个月，加薪升职遥遥无期……正幻想辞职，工作群的信息，又再响起。

我希望星期六不单调。因为早上睡个懒觉，做一点琐事，一天便过去。这样的日子，来来回回，年年如是。

于是我这样想：星期六，我和我一起读书，一起散步，一起看电影，一起来打扫。我是我一生中最好的朋友。我和我自己，过好每个星期六。

随

16

进门都是客

和每天一样，
今天有很多客人到访。

大清早，
从容站在门外，
慢条斯理走了进来。
他在屋里待不多会儿，
担心和牵挂便结伴而至。

担心说：
"我老劝牵挂别担心。"
牵挂瞥了一眼担心，
低了头接着牵挂。

不忙不慌

悲伤知道牵挂在，

大队人马浩浩荡荡闯了进来。

满屋子挤满悲伤，

好几位找不到位置的，

只好仰卧天花板上，

看着下面望天打卦的悲伤们。

悲伤正集体发愁，

紧张这家伙门也不敲就撞了进来。

之后，愤怒来了。

进屋后二话不说，

将屋里的一切全部打翻。

这时候，自卑缩在墙角，

自大为了挽回难受的自尊，

在吹嘘自己。

说的还是那一套，

说着说着，

自大到自己听烦了，

无聊便溜达着迈了进来。

无聊坐了半天。

没想到，

一伙愉悦忽然鱼贯而入。

而久违了的快乐，

紧随其后。

快乐还是老样子。

进屋从不坐下，

靠在门边，

微笑一会儿便离开。

快乐走了，

愉悦也不愿多留。

客人一个个相继离开，

一天也毫不为奇地过去了。

明天，

不忙不慌

客人将依旧到访。

进门全是客，

都要热情款待。

夜深了，

客散了，

该睡了。

根据鲁米的短诗《客栈》（*The Guest House*）创作。

随

17

泳镜

我去了三个城市，丢了两副泳镜。

出发前我想到漫长的旅途很可能会丢掉一副，所以多带了一副，没想到两副先后丢失。一副落在甲城市饭店的顶层泳池，另一副遗忘在乙城市的沙滩。

我经常丢东西。可能物件有它的意愿，希望换个环境。丢掉就丢掉，我一般不多牵挂。

第三个城市没有沙滩，附近也不见泳池。哪怕有泳镜，也是多余，就像带来的两顶泳帽，其中一顶代替了浴帽，另外一顶给行李增添了无谓的负担。但不知为什么，我总是想着那副泳镜，那副丢在沙滩上的泳镜。那是一副 550 度的速比涛泳镜，它使我看得很清晰，我想它自己也会看得很清楚。

如果它还在沙滩的椅子上，它可以看清每一位泳客，比如一个没有把脚毛剃干净的妖艳女人，还有那个因肚脐下长了浓毛而感到自豪的毛头小子。

不忙不慌

如果不在椅子上，海浪会不会把泳镜冲上沙滩，让它躺在绵绵的细沙上，看着身旁洁白的贝壳，二位一起在观看海边的落日。

泳镜会不会漂到海中，看见那个女人丢在大海的比基尼泳裤，那条我在小说里看到的中年女人的三点式下装，那是一条永远找不到的泳裤。不见得准是那一条，可是大海中会有脱落的泳裤，这泳镜总会碰上一条。

它会不会被冲到岸边，被一位少年捡起，戴在头上。明晃晃的白天，少年因眼镜的度数而看不清，因看不清而兴奋，因兴奋而大笑，因大笑而不知道身后掀起了巨浪，巨浪把他托将起来，他惊呼着，与此同时，泳镜在阳光下闪耀永存的一霎。

我丢了两副泳镜。一副没有想起，一副想起了。想起的那一副，虽然不见了，却让我看见许多。

随

18

钱

我去银行，出来时他们给了我一张小纸条。

STM 业务回执

购买理财产品

人民币：10000

业务流水号：10347698408093787325

我回家看了看，觉得很虚；再看看，这到底是什么东西？10000 是钱吗？我没有看到钱欸？

即使是钱，那么钱又是什么呢？钱——是人类一部伟大的小说，而小说的本质是"虚构"。

曾经有人讲了一个故事，说钱可以用来交换物品。人们相信这个虚构的故事，于是大家便开始交易。有人接着说，钱应该交给银行，人们相信了，便把钱交给了银行。

又有人出来讲故事，说把钱聚在一起，钱可以生出更多的钱。于是许多素昧平生的人把自己从来没亲眼见过的钱，通过银行里的一个陌生人，跟众多陌生人的钱放到了一个没有人知道的地方。大家一起相信，钱千真万确便生出钱来。

银行说，这是一件有风险的事情，要对大家揭示风险。于是人们相信风险，还相信风险有各种级别，比方说理财说明书标示着三盏灯比四盏灯危险，四盏灯比三盏灯更安全。

银行又说，理财有风险，投资需谨慎；风险需要每个人来承担。于是，大家相信风险是大家的。钱如果没有生出钱，或亏得血本无归，一定由自己承担。即使亏得血本无归，到底银行是什么，大家依然不太清楚。

许多人为银行讲着各种故事：国际货币基金组织、世界银行、亚洲开发银行，还有你，当然也少不了我。银行，因为大家相信大家讲的故事而存在着，有点像似乎撑起房屋的"泰山石敢当"。石头是真实的，作用是想象的。

也许现实世界过于空洞，以至我们总要用虚构去填充。人类是如此偏爱虚构的故事，并且甘心为它营营役役，奔波一生。

随   273

19

我仰慕那些不甘岁月空添的人

时间是，一照镜子，便看见自己年华老去。这是人的宿命。从生下来的第一天开始，我们注定一天比一天衰老。

画家说："时间一天一天就这么过去了。我画完这张画，我的时间就在这儿。"

画幅太长了，画家将创作的长卷铺在地上。我步上楼梯往下看，看见已经流逝、即将过去、还没到来的时间凝固在画作之中。

时间啊，这个旋涡的黑洞。

只有那些拼命睁大眼睛的人能够对付转瞬即逝的时光。他们用眼连着脑，脑连着手，手与心合为一体；眼、脑、手、心，变成一个完整的器官。这独特的器官连接着人的灵魂；唯有灵魂，能超越时间。

画家画的是祁连山。画中的祁连山连绵千里，没有现实中的发电站、水泥建筑，既没有现代文明的荒凉，亦没有历史的

　　　　　　　　　　　　　　　不忙不慌

血腥与杀戮，画家看见的是自有永有的山，超越时间的山。

画家用时间获得与时间对话的机会，最终与时间达成协议。时间说："山峦为证，我依旧无限。"画家说："时间为凭，我精神永存。"

20

时间的话

今天是年末的最后一天。时间，舍不得离开。时间舍不得失去任何一刹那，不肯奔向未来，对周遭感叹着："多看一眼离不开，少看一秒舍不得。"

北京的风速每小时零公里，窗外的大树小树都小心翼翼，一动不动。时间叫风停了下来，让云待在家里，接着跟空气说，请你暂停呼吸。

时间说："今天不是用来过的。今天，我打算长驻，让一切停留在这儿。"人们看着那静止的树，想着那些难忘的人、难舍的事，各怀感伤。时间也沉默忧郁，看着凝固的世界默想往事，为自己奔忙的永生而哀叹。

时间说："我 138 亿年前来到宇宙，没有一切，就已经有了我。现在人类领我奔向未来，我被带得前仰后合，跄跄踉踉拼命赶路，人类却没有领我到达应许的美好，世界满目疮痍。我不想跨进新的一年。"

让时间歇一会儿，请未来等一等吧。

　　　　　　　　　　　　　　　　　不忙不慌